똥길이

담쟁이 문고

똘깅이

현기영 지음 — 박재동 그림

실천문학사

작가의 말 | 두고 온 낙원, 우리의 유년 시절

　어린 시절 나는 제주의 아름다운 자연 속에서, 그 자연의 한 개체로서 동무들과 어울려 천진스럽게 성장할 수 있었습니다. 이 소설은 바로 그러한 성장과정을 담은 것입니다.
　이 소설에서 나는 자연 속에서 천진하게 성장했던 한 아이, '똥깅이'의 모습을 중점적으로 그리고 싶었습니다. '똥깅이'가 되어 그 시절로 돌아가 있는 내내 나는 어린 시절을 다시 한 번 사는 것처럼 과거 회상에 깊이 몰두했습니다. 그 시절의 아이들은 대자연 속에서 무구하게, 너무나 자연스럽게 성장하고 있었습니다. 자연의 일부로서 존재하는 본연의 인간, 왜곡되지 않은 인간 본성이 바로 거기에 있었습니다.
　『똥깅이』는 『지상에 숟가락 하나』를 청소년을 위한 버전으로 내는 책입니다. 원작인 『지상에 숟가락 하나』는 첫 출간 이래 9년 동안 과분하게도 45만 독자의 호응을 얻어왔는데, 그것은 잃어버린 유년, 잃어버린 자연에 대한 현대인의 향수를 이 소설이 서툴게나마 진지하게 일깨워주고 있기 때문이 아닌가 생각합니다.

『똥깅이』는 원작에 비해 4·3사건과 관련된 부분이 일부 생략되어 있습니다. 제주 4·3의 대참사는 청소년(특히 초등생과 중학생)의 어린 정서로는 감당하기 어렵고 이해하기 어려운 큰 슬픔이라는 생각에서 그렇게 하였습니다. 그래서 원작에서의 벅차기까지 한 슬픈 그늘이 줄어든 이 소설은 전반적으로 경쾌하고 밝은 분위기를 띠게 되었습니다.

만약 이 소설을 재미있게 읽은 어린 독자라면 좀 더 자라서 반드시 4·3의 역사와 만나기를 소망합니다.

2008년 12월,
어느 햇빛 고운 날에

현기영

차례

1부 어린 오동나무

함박이굴과 돼지코 10
증조할아버지 15
말굽쇠 낙인 19
흉조 23
봉앳불과 방앳불 26
바람까마귀 32
산군, 산폭도 34
장두의 최후 45
어린 오동나무 47

2부 바닷가 깅이

병문내 아이 52
눈물은 내려가고 숟가락은 올라가고 56
똥깅이 61
웬깅이 66
먹구슬나무 71
대장간 77
분홍빛 새살 82
돼지고기 한 점 85
바닷가 깅이 92
꼬마 병정 98
표준어 102
빨병과 꽈배기 107
한내에 냇물이 실리면 114
용연 123
씨앗망태 127
비 마중 131
뱀 136
아기 업은 아이 142
첫 짐 146
아름다움이란 152
불씨 157

3부 돌아온 산

신석이 형 164
늑막염 170
글쓰기 174
「어머니와 어머니」 179
돌아온 산 188
나무 마중 193
집 198
아버지의 귀환 201
제 새끼를 잡아먹은 암퇘지 207
책 213
요절 218
'젊은 베르테르의 슬픔' 224
여학생 228
'삶은 살'의 짝사랑 233
나의 사랑 아니마 237
코가 가득 차면 풀어야지 242
맥베스 248

에필로그_푸른 물고기 262

작가의 말 4

1부
어린 오동나무

우리 집을 태운 폐허의 재 속에서 그 독한 재를 먹고
어린 오동나무 한 그루가 분수처럼 힘차게 솟아올라 있었다.

함박이굴과 돼지코

거대한 별똥별이 떨어졌다.

운석의 불덩어리는 어둠을 대낮같이 밝히면서 어마어마한 굉음과 함께 땅과 충돌하여 그 자리에 커다란 웅덩이를 파놓았다. 그 후 그 웅덩이는 물이 모여들어 벼락구렁이란 연못이 되고 그 물을 좇아 한 사내가 그 근처에 살기 시작했으니, 그가 바로 내 조상이었다. 그리하여 존재의 근원인 벼락구렁, 거기에서 시작된 종족의 생명들은 저마다 잠깐씩 반딧불을 밝혔다가 덧없이 암흑 속으로 소멸해갔던 것이다.

이제 고향의 그 막막한 어둠 속에서 한 점 생명이 꼼지락거리는 것이 느껴진다.

그것은 나다.

나는 그렇게 어둠 속에서 태어났다. 그러나 어미의 몸 밖으로 나온 나는 소리도 못 지른 채 거멓게 죽어갔다. 볼기를 때리고 몸을 흔들어도 막무가내로 죽어갔다. 나는 다시 어둠으로 돌아가고 싶었던 것일까? 생명의 탄생은 전혀 우연의 일이었다. 하기는 한 점 반딧불 같은 것이 인생인데 탐날 것도 없었으리라. 그런 위급한 상황에서 황망히 내 배를 내리쓸던 할머니의 손에 문득 밤톨만 한 딱딱한 응어리가 만져졌다. 혹시나 하고 그것을 꾹 눌러본다. 마치 버튼 눌린 자동인형처럼, 바로 그때 나는 막혔던 숨통을 트면서 귀청 따갑게 울음을 내질렀던 것이다.

이렇게 나의 생존은 전적으로 우연이었던 셈인데, 식구들은 내가 위태로워 과연 사람이 될지 어쩔지 미심쩍어했다. 대략 생후 3년간의 나는 아직 인간이라기보다는 젖살 말랑말랑한 한 덩어리 반죽에 불과했으리라. 암흑에서 태어난 지 얼마 안 된 까닭에 암흑의 영향을 아직도 강하게 받고 있는 위태로운 존재, 마마나 홍역에도 죽고 심지어 고뿔에도 시들기 일쑤인 시절인지라 자칫하면 다시 저 암흑으로 돌아가버릴 위험이 항상 숨어 있었다. 내 위로 형이 하나 있을 뻔했는데, 그 역시 생후 1년 만에 시들고 말았던 것이다.

이렇게 존재 여부가 불확실한 반죽 상태에서 홍역도 앓고 마마도 앓고, 깨어 있는 시간보다 잠들어 있는 시간이 더 많던 나는 어느 날, 얼굴에 닿는 뭔가 선뜻한 느낌에 눈을 떴다. 4년 넘는 긴 시간의 잠 끝에 비로소 눈을 뜬 듯, 그 선뜻한 감촉이 마치 나의 최초 기억인 듯 아직도 생생하다. 그것은 증조할아버지의 입에서 흘러내린 침이었다. 노인은 나를 무릎 위에 안고서 자울자울 졸고 있었는데, 입에서 비어져 나온 침 줄기가 긴 구레나룻을 타고 내려와 끈끈한 거미줄처럼 내 얼굴에 닿고 있었던 것이다. 그때 그분은 노환을 앓는 중이었고 아마 내 나이 만 네 살이었을 것이다.

그 시기에 대한 기억은 침방울의 선뜻한 감촉처럼 감각기관에 새겨진 몇몇 단편적 인상들뿐이다. 해방되기 몇 달 전 마을에서 그닥 멀지 않은 매물동산에 일본 전투기가 격추되었는데, 그때의 엄청난 폭발음만 생각날 뿐, 타다 남은 낙하산 천에서 치마 다섯 벌이 나와 어머니도 한 벌 해 입었고, 나보다 나이 많은 동네 아이들이 기체의 파편들을 주워다가 잔디밭에서 미끄럼 타며 놀았던 일은 전혀 기억에 없다.

그런데 돼지코는 생각난다. 내 목에 브로치처럼 걸려 있던 돼지코 말이다.

들건대, 나는 만 네 살이 되도록 침을 질질 흘리는 덜떨어진 미숙아였나 보다. 소처럼 입에서 끈끈한 침이 줄창 흘러내렸는데, 턱받이를 해주어도 소용없어서 금방 물걸레처럼 홍건하게 젖어버리곤 했다. 그래서 침 줄기가 흘러내리는 한쪽 입귀와 턱밑의 목살은 늘 짓물러 있었다.

어머니와 할머니가 틈틈이 개구리, 메뚜기를 잡아다 불에 구워 먹였다. 심지어 곤충의 번데기도 구워 먹였는데, 마른 나뭇잎으로 불을 때다 이파리에 붙은 쐐기 번데기를 보면 어김없이 나를 부엌으로 불러들이곤 했다. 흉년이라 단백질이 부족해서 그랬던가. 그러나 그렇게 오랫동안 침 흘린 걸 생각하면, 단순히 영양 부족만이 아니고 무슨 액이 끼지 않았나 싶기도 하다.

침 흘리는 게 오죽 고질이었으면 돼지코를 잘라다 내 목에 매달았을까. 소나 말, 개와 달리 돼지가 침을 잘 흘리지 않는 짐승이어서 그것을 부적 삼아 내 목에 매달아놓았던 모양이다. 돼지 송곳니나 발톱이었더라도 보기에 나았을 텐데, 바싹 말라 쪼글쪼글 오므라든 돼지코, 그 흉칙한 것의 두 콧구멍에 노끈을 꿰어 목에 매단 채, 허구한 날 침을 질질 흘리는 어린애를 상상해보라. 꼴이 그 지경이고 보니, 집안 식구들은 내가 과연 사람이 될지 어쩔지 근심스러웠을 것이다.

만 네 살, 해방을 맞이한 그해를 기준으로 그 이전의 기억은 지우개로 지워진 듯 흐릿하지만 그 후부터 고향을 떠날 때까지 3년 동안의 일들은 더러 생각난다.

아버지는 병들어 밖으로만 떠돌고, 어머니는 동생을 데리고 외가에 가버리고, 할아버지와 할머니는 불화로 싸움이 잦은 그 집에서 자라고 있던 어린 나의 몸속에는 외로움도 함께 자라고 있었다.

증조할아버지

아버지는 정신병을 앓고 있었다. 첫 발작이 일어난 것은 내가 만 세 살 나던 해, 그러니까 해방 바로 전해였다. 태평양전쟁이 막바지를 향해 치닫던 그 위험한 시기에 그 병은 오히려 전화위복이 되었는데, 농업학교 졸업반인 아버지가 징집 대상에서 면제된 것은 순전히 그 병 덕분이었다. 병의 원인이 될 만한 무슨 충격적인 일을 당한 것도 아니었다. 끊임없이 중얼거리면서 정처 없이 헤매 다니는 것이 그 병의 특징이었다. 꾀병이라고 의심받아 일본 헌병대에 끌려가 고문까지 당했다고 했다. 덕분에 전쟁터에 끌려가지는 않았지만, 그 병은 해방 이듬해까지 3년 가까이 아버지를 괴롭혔다. 멀쩡하게 지나다가도 갑자기 발작했고 일단 발작하면 여러 날 집을 나가 정처 없이 쏘다녔다. 길 가다가 지치면 아무 데나 쓰러져 잤는데, 그 때문에 한쪽 뺨은 멀쩡한데 다른 쪽 뺨은 햇볕에 타 까맣게 되어 있곤 했다.

 나중에 정신이 돌아와도 그동안 어디를 다니고 무엇을 했는지, 아버지는 기억하지 못했다. 나를 자전거에 태우고 다니다가 다른 마을의 어느 친척집에다가 놓고 사라져버려 식구들이 나를 찾느라 애를 먹기도 했다. 그 광기에 어머니가 제일 많이 시달림을 받았던 모양인데, 오죽하면 견디다 못해 젖먹이 동생을 데리고 외갓집으로 도망가버리는 일까지 생겼을까.

 그랬다. 그 무렵 광기와 불화로 심란했던 그 집에서 그나마 어린 내가 안심할 수 있었던 곳은 오직 그분의 품 안뿐이었다. 증조할아버지는 노환으로 드러누워 있을 때가 많았는데, 목에서 가르릉가르릉 대통의 담뱃진 끓는 듯한 소리가 그치지 않고 들려왔다. 할아버지, 할머니가 일하러 밖에 나가버리면 집 안은 온종일 적막 속에 가라앉아 나의 외로움을 더욱 짙게 했다. 밖에 나가 놀고 싶었지만 내 동무 계성이는 마마를 앓고 있었다. 그래서 마당 바닥에 뿔뿔 기어다니는 벌레들이 내 동무가 되었다. 개미 떼의 행렬을 넋 놓고 바라보기도 하고, 유자나무 밑동에 붙어 있는 매미 허물이나 날개 있어도 날지 못하는 땅강아지와 놀기도 하고, 구멍에 든 도롱이를 보리카락으로 유인해내기도 하고, 밖에다 흙을 토해놓고 구멍으로 들어가는 지렁이를 잡아당겨 허리를 끊어놓기도 했다. 그러한 장난은 미물들에게는 생사의 문제가 달린 것이었지만, 그럴수록 나는 재미있었다. 풍뎅이를 잡아 네 발을 뚝뚝 분질러 뒤집어놓고 그놈이 맹렬한 날갯짓으로 마당 바닥을 쓸면서 빙빙 도는 모양을 보며 좋아했고, 늙은 감나무 썩은 둥치 속에 바글대는 개미 유충에 오줌을 갈겨대고 호박꽃 속에 든 벌을 잡아 꽁무니의 침을 빼내 죽이기도 했다. 그러나 한 뼘 넘는 청지네와 흰 점액을 끌면서 기어다니는 흐물흐물한 달팽이는 무섭고 징그러웠다.

그 집에는 그러한 벌레들뿐만 아니라 어른 팔로 한 팔이 넘는 누런 능구렁이도 한 마리 있었다. 집 천장 속에 살고 있었는데, 그놈이 마루 위 대들보를 타고 유유히 기어가는 것이 눈에 띄기도 했다. 어느 날 그 구렁이가 처마 끝에 매달려 길게 늘어진 것이 보였다. 그렇게 얼마 동안 대롱대롱 매달려 있더니 제 몸무게를 못 이겨 아래로 철버덕 떨어졌다. 땅에 떨어진 구렁이는 그 충격에 일순 정신을 잃었는지 꼼짝도 않고 있다가 천천히 고개를 쳐들었다. 나는 두려움에 헐떡거리며 바깥채에 누워 계신 증조할아버지한테로 달려갔다.

"할아부지, 저기 또 그 구렁이 나왔수다! 지붕에서 찰부닥 떨어졌수다!"

할아버지는 누운 몸을 반쯤 일으켜, 집 모퉁이를 돌아가는 구렁이를 보면서 혀를 찼다.

"허어, 저 영감이 참새알 먹어보려고 처마를 돌다가 떨어진 모양이구나. 참새들이 처마 이엉에 구멍 파고 사는데, 하여간 거기까지도 못 가고 떨어지는 걸 보니 저 영감도 이젠 늙었어."

증조부는 그 징그러운 뱀을 그렇게 영감이라고 불렀다. 집구렁이를 재산을 지켜주는 업신으로 신성시하는 이러한 생각은, 무릇 신의 존재가 그렇듯이 고마움과 두려움의 혼합된 감정에서 빚어진 것이리라. 집구렁이는 곡식을 축내는 쥐들을 없애주는 고마운 존재이면서 가까이 할 수 없는 두려움의 대상이었다.

말굽쇠 낙인

우리 집 뒤는 밭이었는데, 밭담 중간에 먹구슬나무 한 그루가 서 있었다. 나는 여름날 그 나무 밑의 시원한 그늘에 가서 놀곤 했다. 나뭇진을 빨고 있는 노랑등에를 잡기도 하고 나뭇진을 뭉쳐 구슬을 만들기도 했다. 매미들도 많아 소나기같이 쏟아지는 울음소리에 귀가 먹먹할 지경이었다. 매미를 꼭 한번 잡고 싶었으나 너무 높은 데 붙어 있어 엄두가 나지 않았는데, 하루는 그만 그 유혹에 걸려들고 말았다.

나무 타기는 난생처음이어서 나에겐 대단한 모험이었다. 밭담 위를 딛고 나무줄기에 옮아 붙자 오싹 겁이 났다. 도로 내려갈까 하다 머리 위의 나뭇가지를 잡아당겨보니 의외로 쉽게 몸이 떠올랐다. 바싹 긴장한 채 두 번째 가지 위로 기어오른 나는 매미를 향해 떨리는 손을 조심스럽게 뻗었다. 매미는 손이 간신히 닿을 만한 자리에 붙어 있었다. 숨을 멈추고 손바닥으로 매미를 덮쳤다. 그 순간 내 손에 불붙는 듯한 맹렬한 감촉, 그 엄청난 몸부림과 울음소리라니! 그 서슬에 놀란 나는 그만 발을 헛딛고 아래로 곤두박질치고 말았다. 돌담에 머리를 박고 큰 상처를 입은 채 조밭 안으로 굴러떨어져 까무라쳐버렸던 것인데, 마침 그 밭에 김매던 사람이 있어 금방 달려왔으니 망정이지 하마터면 큰일 날 뻔했다.

두개골이 까져 허연 골이 내비칠 정도로 상처는 치명적이었다. 무서운 전염병인 콜레라 발생으로 도로가 차단되어 있었기 때문에 읍내 병원에 갈 수도 없어 죽고 살기는 운수소관에 맡길 수밖에 없었다. 소독약도 구할 수 없었다. 우선 응급조치로 상처 부위를 불솜으로 지져 머리털을 없애고, 찢겨져 붉은 살점과 함께 너덜거리는 머릿가죽을 들추고 피와 흙이 범벅된 상처를 생오줌으로 씻어냈는데, 해진 붉은 살 깊은 데서 시퍼런 조 이파리가 나오고, 뇌수까지 허옇게 내비치더라고 했다. 아니, 그 흰 뇌수를 나 자신이 직접 보기라도 한 듯 생생하게 느껴진다.

아무래도 나는 명줄이 질긴 아이였나 보다. 그 후 병원 약이라곤 간신히 구한 소독약밖에 쓰지 않았는데도 상처는 다행히 덧나지 않고 아물어주었다.

이 사고로 나는 어머니를 다시 만나게 된 것이 무엇보다 기뻤다. 외갓집으로 동생을 데리고 간 어머니가 사고 소식을 듣고 내 곁에 다시 돌아왔던 것이다. 어머니가 옆에 지켜 앉아 있는 것이 어찌나 위안이 되던지, 상처가 너무 빨리 아물지 말았으면 하고 바랄 지경이었다. 어머니는 상처에 파리가 앉아 구더기가 슬까 봐 부채를 흔들며 근심스럽게 나를 내려다보고 있었다.

상처가 아물자 어머니는 다시 친정으로 돌아가버렸다. 나를 데리고 가겠다고 우겨봐야 나의 조부모가 허락할 리 만무였고, 어머니 또한 아버지가 제정신이 돌아오기 전에는 다시 시집살이할 의향이 없었다. 그래서 나는 다시 전처럼, 어머니는 아기 데리고 외가에 가버리고 아버지는 어디 가 있는지 모르는 외톨이가 되어버렸다.

훗날 할머니가 실토한 말인데, 그때 그 사고로 크게 놀란 나머지 나를 무당집에 양자로 주었다가 1년 후에 데려올 생각도 했다고 했다. 태어날 때도 다 죽다 산 걸 보면 타고난 팔자가 아무래도 심상치 않아 보였던 모양이다.

바늘로 꿰매지 못한 채 그대로 아물린 머리의 상처는 거울에 비춰 보면 내가 보기에도 여간 볼썽사납지 않았다. 크기나 모양이 꼭 젖은 땅에 찍힌 말 발자국과 비슷했다. 그래서 '땜통'

이 내 별명이 되었다. 그런 끔찍한 상처를 빡빡 깎은 알대가리에 이고서 유년·소년 시절을 보내야 했으니 내 성격 형성에 그것이 미친 영향도 더러 있을 것이다. 아이들은 내 별명을 부를 때면 박자 맞춰 "쌤통, 땜통"이라고 했고, 그 흉터가 초생달 비슷하다고 "영도 다리 난간 위에 초생달만 외로이 떴다" 하고 노래 부르면서 짓궂게 놀려대곤 했다. 사춘기 시절의 나에게 콤플렉스가 둘 있었는데, 하나는 수학 과목이고 다른 하나는 머리의 흉터였다. 그래서 나는 어서 빨리 학교를 졸업해 수학을 안 해도 되고 머리를 길러 흉터를 가릴 때가 왔으면 하고 바랐다.

흉조

그런데 그해 가을, 내 일신상에 뜻밖의 변화가 생겼다. 궂은 비만 내리던 내 어린 가슴에 뜻밖에도 따뜻한 햇빛이 비쳐들었다. 둘째 사위는 소문난 좌익인 터에 화물차 운전수이던 막냇사위가 경찰에 들어가버리자 좌우 양단간에서 전전긍긍하던 외할아버지가 결국 읍내로 이사해 갔는데, 그때 어머니가 나를 빼돌려 함께 데리고 갔던 것이다.

내가 고향을 떠나던 그해 5월, 음료수로 쓰는 벼락구렁 근처에 이변이 생겼다. 그 못에 난데없이 물뱀 여러 마리가 나타난 것이다. 물론 전에도 있긴 했지만 어쩌다 한 마리쯤 보였을 뿐이었다. 아이들과 놀다가 목마르면 물뱀이 헤엄치고 있어도 별로 두려운 생각 없이 그냥 물 위에 엎드려 말처럼 주둥이를 박고 들이마시곤 했다. 너무 급히 마시면 바닥에 있는 뱀알이 입 안으로 따라 들어온다고 해서 좀 께름칙하기는 했다. 그런데 그 못에 뱀이 서너 마리로 늘어 물 위를 사납게 휘젓고 다니는 것을 본 후로는 집에 길어다 놓은 물도 마시기가 두려웠다. 물을 들이켜면 뱀알이 아니라 뱀 한 마리가 통째로 입 안으로 들어올 것만 같았다. 물가에 올챙이들이 많이 생겨 그런 것이니까 며칠만 있으면 올챙이를 다 잡아먹고 뱀들은 사라질 것이라고 했다.

무슨 일로 올챙이가 그렇게 번성하게 된 것인지 알 수 없었다. 벼락구렁 위쪽 멧방석 크기의 조그만 둠벙에는 물이 온통 먹빛일 정도로 올챙이들이 가득했다. 올챙이들이 가득 차 바글거리는 둠벙은 마치 들끓는 팥죽 속 같아 차마 보기에 끔찍했다. 그런데 더욱 괴이한 일은 그 올챙이들이 얼마 후 뱀이 잡아먹기도 전에 한꺼번에 몰사해버린 것이다. 배를 허옇게 뒤집은 올챙이 시체들이 덩어리진 채, 수면 위를 꽉 채우고도 모자라 물가 뻘 위까지 밀려가 쌓여 있었는데, 참으로 소름 끼치는 광경이었다. 세상에 이런 일도 있을까? 어쩐지 나는 그 올챙이들이 괴질에 걸려 떼죽음한 것처럼 생각되었다. 어른들이 수군거리며 주고받는 말 속에 불안한 기색이 역력했다.

"아무래도 심상찮아. 혹시 사람 많이 죽을 징조는 아닌지, 원."

그러나 설마 했던 이 불길한 예감이 이듬해에 그대로 적중하고 말았다. 올챙이의 떼죽음이 4·3사건으로 인한 인간의 떼죽음으로 나타난 것이다. 그 참상을 직접 눈으로 보지 못한 나는 오직 올챙이의 떼죽음, 그 주술적 상징을 통해서만 미루어 짐작할 뿐이다. 물론 올챙이의 몰사는 주술이 아니라 과학이 밝힐 수 있는 생태계의 한 현상일 뿐이다. 어떤 책에서 우연히 그 대목을 읽은 적이 있는데, 조그만 둠벙에 어쩌다 천적이 없어져 올챙이가 크게 번성하여 물에 가득하게 되면 수중 산소의 부족으로 몰사한다는 것이다. 과학은 그렇게 둠벙의 비밀을 해명해주었지만, 그러나 나는 그것이 내포한 주술적 상징에서 여전히 벗어나지 못한다. 어느 옴팡밭에 많은 시신들이 서로를 베개 삼아 가로세로 널브러져 있더라는 증언을 들을 때도, 항아리에 멸치젓 담그듯 한 구덩이에 10여 명씩 몰아넣어 파묻었다는 증언을 들을 때도, 나는 그 둠벙 안에 가득했던 올챙이들의 죽음이 생각났다.

🌱 **4·3사건** | 1947년 3·1절 기념행사에서 발생한 미군정 경찰의 발포사건(6명 사망, 8명 중상)과 이에 항의하는 도민의 총파업을 분쇄하기 위해 1년 이상 계속된 가혹한 탄압이 이 사태의 원인이 되었다. 탄압에 견디다 못해 마침내 1948년 4월 3일 새벽 2시, 350명의 무장대가 제주도 내 24개 경찰지서 가운데 12개 지서를 일제히 공격함으로써 시작된 이 항쟁은 1954년 9월 21일 한라산 금족지역이 전면 개방될 때까지 6년 넘게 지속되면서 군경토벌대에 의한 엄청난 유혈사태로 비화되었다. 제주 4·3사건은 30만여 명의 도민이 연루된 가운데 2만 5천~3만 명의 학살 피해자를 냈다. 이 숫자는 당시 제주도 인구의 10분의 1에 해당되는데, 전체 희생자 가운데 여성과 어린이 그리고 노약자가 다수 포함되어 있었다.

봉앳불과 방앳불

드디어 대참화가 닥쳤다. 130여 한라산 중산간 부락들이 잇달아 불길에 휩싸이면서 대학살극이 벌어지기 시작했다.

어느 날, 해 저문 초저녁의 서편 하늘에 유난히 붉은 저녁놀이 타고 있었다. 이상한 일이라고 불안하게 중얼거리던 어머니의 입에서 별안간, 아이고! 하는 탄식이 터졌다. 그것은 저녁놀이 아니었다. 어두워질수록 오히려 그 붉은빛은 일파만파로 넓은 하늘에 번져 읍내 하늘의 구름까지 붉게 물들여놓았다. 어머니의 놀란 얼굴도 불그레 물들어 있었다. 밤불은 영 종잡을 수가 없다고 하지만, 그 불은 바로 한내 다리 근처에서 타고 있는 듯이 아주 가깝게 느껴졌다. 그러나 그것은 4킬로미터 밖, 함박이굴을 포함한 나의 고향마을인 노형을 태우는 불길이었던 것이다.

그 무렵부터 시작된 중산간지대의 방화는 줄불로 이어졌다. 밤하늘 여기저기 옮아 다니던 그 붉은 구름 떼…… 멀어서 불길도 보이지 않고 학살의 총소리도 들리지 않고, 보이는 건 오직 하늘과 땅 사이에 가득 차서 구름 떼와 함께 꿈틀거리던 그 기괴한 화광뿐이었다.

노형을 태우는 방핫불은 날이 샌 뒤에도 꺼지지 않아 서편 하늘에 연기가 자욱했다. 밖으로 떠돌기만 한 아버지는 그 무렵 제정신이 돌아왔는지 경비대에 입대하여 군인으로 근무하고 있었는데, 이 일 때문에 아버지는 자신의 무력함을 뼈저리게 실감했던 모양이다. 할머니는 며칠 전부터 큰댁에 와 있어서 무사했지만, 홀로 고향집에 남은 할아버지가 큰 걱정이었다. 집단 입산, 연대장 암살 이후로, 산과 내통하지 않나 의심받는 것이 경비대 내의 섬 출신들인지라, 아버지는 도무지 몸을 움직이기가 어려웠다. 단 두 시간만 말미를 주면 부친을 구출해오겠다고 상관한테 눈물로 하소연했지만, 동정하기는커녕 오히려 의심쩍어하는 눈치더라고 했다.

"뭐야. 그 폭도 마을에 아버지가 있다고? 거 이상하잖아, 벌써 읍내에 들어와 있지 않고 거기에 남아 있다니 말이야. 하여간 토벌 작전은 우리 헌병대 소관도 아니고, 오늘도 하루 종일 그 마을에 작전을 한다니까, 토벌대 외엔 누구도 출입할 수 없는 거야."

 그 작전이 다름 아닌, 소각한 마을 안을 뒤져 남은 인명을 사살하고 타다 남은 곡식을 해변으로 운반하는 것이어서, 할아버지의 안부가 참으로 걱정이었다. 아버지는 읍내 순찰 업무에 묶여버리고, 큰아버지 혼자서 공무원 신분을 내세워 노형 아래 해변 마을인 도두까지 가보았다. 그러나 거기 모인 피난민들 속에서 할아버지를 찾아볼 겨를도 없이, 큰아버지는 공무원 신분임에도 의심을 받아 말고삐 올가미에 목매단 채 한참 끌려다니는 곤욕을 치러야 했다.

 결국 상황이 다 끝난 다음 날에서야 아버지는 상관의 허락을 받고 불탄 고향집을 찾아갔는데, 총 맞아 죽은 줄만 알았던 할아버지가 다행히도 무사히 대숲에 숨어 있었다. 부르는 소리에 대숲에서 나온 할아버지는 가슴에 증조부의 위패를 꼬옥 품고 있었는데, 그제야 긴장이 풀렸는지 몇 발짝 걷지 못하고 유자나무 앞에서 맥없이 주저앉더라고 했다. 반쯤 타버린 늙은 유자나무, 그 불에 그을려 이파리 하나 없는 가지에, 불에 놀라 혼 나간 암탉 한 마리 앉아 조을고, 그 아래 위패를 가슴에 품고 쪼그려 앉은 할아버지, 아직도 공포가 가시지 않은 그 흐릿한 눈빛……. 훗날 아버지가 들려준 그 장면은 검게 타버린 폐허를 배경으로 한 완벽한 구도의 목탄화로 내 의식에 자리잡게

되었다.

어머니가 친척집에 맡겨놓았던, 우리 세 식구의 반년 양식이 될 조 곡식도 그 불에 타버렸다.

그리하여 한라산과 해변 사이 중산간지대의 130여 개 마을들이 불에 타 사라졌다. 불바다와 함께 대살육극이 시작되었으니, 주민들 절반은 산으로 달아나 폭도라는 누명 아래 사살의 대상이 되고, 절반은 명령에 따라 해변으로 흩어졌으나, 그중 많은 노인과 아녀자들이 폭도 가족이라고 처형당했다. 사람들뿐만 아니라 마소도 닥치는 대로 학살되었다.

그러나 나는 그런 물정을 잘 모르는 읍내 아이였다. 하늘에 번진 그 무서운 화광을 보면서도 그 불의 의미를 제대로 알 수 없었다. 아이들은 무슨 뜻인지도 모르고 그것을 방앳불이라고 불렀다. 나도 덩달아 그렇게 불렀다. 사태 초기에 오름봉우리에 올랐던 불은 봉앳불이고, 토벌대가 지른 불은 방앳불이었다. 이 두 단어를 옳게 고쳐 봉홧불과 방홧불로 이해하게 된 것은 내가 장성한 다음의 일이었다.

그러나 나는 아직도 그 무서운 방홧불의 진정한 의미를 모른다. 횃불도 이해할 수 있고 횃불이 모여 봉홧불이 된 것도 알 수 있지만, 하늘마저 불지른 듯 벌겋던 그 초토의 방홧불은 도무지 이해 불능이다. 화광이 하늘에 가 닿고, 그 엄청난 인간과

가축의 떼죽음, 그 비명 소리, 신음 소리 역시 무섭게 솟아올라 하늘을 찔렀건만, 그러나 하늘마저 그 의미를 모르지 않았던가. 하늘은 언제나 백치같이 무심한 표정이었다. 천재지변이 아니라 인간이 저지른 일이기에 더욱 그 뜻을 이해할 수 없는 것이다. 인간의 경험, 상상력을 훨씬 능가해버린 그 엄청난 살육과 방화를 놓고, 어떻게 무자비하다, 잔인무도하다, 하는 따위의 빈약한 말로 설명할 수 있을까.

바람까마귀

 연 하나 떠 있지 않은 읍내 하늘은 음울했다. 읍내 아이들도 무서운 시국에 기죽어 연 띄울 엄두를 내지 못했다. 그런데 그 하늘에 아이들의 명랑한 연 잔치 대신 흉물스런 검은 까마귀 떼가 자주 나타나 난장질 치고 있었다. 바람까마귀 수백 마리가 한꺼번에 떼 지어 벌이던 그 불길한 공중쇼는 그 당시 읍내에 살았던 사람이면 누구에게나 강한 인상으로 남아 있을 것이다.
 그 까마귀들은 산야에 널린 시체를 쪼아 먹었기 때문에 더욱 불길하고 흉물스러웠다. 머리 위로 날아가던 까마귀가 뭔가 떨어뜨리길래 보니까 머리털 붙은 살점이더라는 말을 들은 후로, 나는 먹구슬나무에 앉아 부리를 부벼대는 까마귀를 보면 기분 나빠 돌멩이를 날리곤 했다. 사람 시체를 먹고 미쳐났는지 읍내 하늘에 수백 마리 까마귀 떼가 벌이는 광란의 춤은 불길하기 짝이 없었다. 까마귀들은 파도 타듯이 맞바람 받고 출렁이다가 갑자기 검은 연기의 소용돌이처럼 까마득하게 높은 하늘로 치솟아오르고, 다시 아래로 곤두박질쳐 쏜살같이 내리꽂히곤 했는데, 그때 까마귀 떼가 일으키는 세찬 바람 소리와 우짖는 아우성은 참으로 간담이 서늘할 지경이었다.

산군, 산폭도

　우리는 점점 길들여지고 있었다. 물론, 우리는 산으로 들어간 유격대의 활동이 궁금하기도 했다. 우리는 그들을 산군이라고 불렀고, 산군 대장 이덕구를, 날아오는 총알도 날쌔게 비켜 피하고, 무릎관절에 스프링이 들어 있어 지붕도 훌쩍 뛰어넘고, 동에서 번쩍 서에서 번쩍 축지법을 하는 신출귀몰하는 영웅으로 생각했다. 그러나 이덕구 대장이 아이들 마음속에 강렬한 생명력으로 살아 있었던 것은 그가 전투에서 잘 싸우고 있던 두 달 정도에 불과했다.

　지금 생각하면 아이들이 어른들보다 훨씬 상황 변화에 빨리 적응했던 것이 분명하다. 해변의 토벌대와 한라산의 무장대와의 싸움에서 대세는 이미 더 이상 돌이킬 수 없게 판가름나버렸다. 읍내는 물론 모든 해변 마을들이 한라산을 적대시하도록 강요받고 있었다. 죽창을 들고 토벌대 뒤를 따라다녀야 했던 그들은 동족을 적으로 삼아야 하는 자신의 기막힌 운명에 치를 떨었다.

이렇게 양심의 가책에 시달린 어른들과 달리 아이들은 과거로부터 손을 끊는 데에 천성 그대로 단순 냉혹했다. 아이들은 변화된 상황에 어른들처럼 수동적이 아니라 자발적이고 열성적인 적응을 보였다.

아이들이란 본능에 따라 힘의 우열을 판단하고 빠르게 강자 쪽으로 옮아가는 법이다. 물론 유혈의 참사를 직접 겪지 않은 읍내 아이들이어서 더욱 그랬을 것이다. 아이들 집단의 유일한 윤리는 파시스트 집단과 마찬가지로 획일주의가 아닌가. 그러니 총칼로 권력을 찬탈한 파시스트들이 민심을 획득하기 위해서는 모름지기 먼저 아이들의 환심을 사고 그들을 여론의 앞잡이로 세워야 할 것이다.

그리하여 아이들 사이에서 '산군', '산사람'이란 용어는 잠깐 사이에 '산폭도'로 바뀌어버렸다. 다른 사고나 다른 행동을 하면 철저히 따돌림받는 아이들 세계에서, 식구들 중에 누군가 토벌대에 희생된 아이는 그 사실을 계속 숨기고 있지 않으면 안 되었다. 나 역시 내 친척이나 동네 사람들을 폭도라고 부르고 싶지 않았다.

아이들의 이러한 빠른 변화는 어른들에게 꽤나 당혹스러웠던 모양이다. 우리 동네의 어떤 아이는 나무로 만든 화약총을 빵빵 쏘고 다니면서 "폭도 나오라! 빨갱이 나오라!" 하고 소리 질러 어른들을 기겁하게 했던 일이 내 기억에 남아 있다.

그리고 한 여순경이 극성맞은 아이들 때문에 당황하던 일도 생각난다. 겨울방학 끝나고 개학한 직후였을 것이다. 쉬는 시간이었는데 담임선생과 함께 웬 여순경이 교실 안으로 들어섰다. 찧고 까불며 떠들썩하던 아이들이 후닥닥 제자리를 찾아 앉고는 물 끼얹은 듯 조용해졌다. 무슨 일일까? 뜬금없이 교실에 여순경이 나타나다니, 정말 예삿일이 아니었다. 혹시 폭도 아버지 때문에 어떤 아이를 잡으러 온 것은 아닐까? 아마 다른 아이들도 나처럼 그런 생각을 했으리라.

그런데 뜻밖에도 그 여순경은 병약해서 자주 결석하던 우리 반 부반장의 어머니였다. 아이를 잡으러 온 것이 아니라 아이를 데리러 온 것이었다. 담임선생의 간단한 소개가 끝나자 아이들의 입에서 일시에 놀라움의 탄성이 터져나왔다. 읍내에 한 둘밖에 없는 여순경이 바로 우리 반 아이의 엄마라니, 얼마나 근사한 일인가. 검정 제복에 얼굴도 예뻤다. 박수 소리가 일어나고 여순경이 미소로써 답례를 보내왔다.

나도 박수를 쳤다. 다른 아이들보다 오히려 내가 더 들떠 있었을 것이다. 친구 엄마가 여순경이라는 것도 경이로웠지만 내가 다른 아이들보다 더 감격한 이유는 다른 데 있었다. 친척 아주머니 한 분이 어느 여순경의 도움으로 죽을 고비에서 살아났다는 이야기를 이미 들었던 터라 그 친구 엄마가 바로 그 여순경이 틀림없다고 생각했던 것이다. 불타는 마을에서 쫓겨나 해변의 한길에 내몰린 노형리 피난민들 중에서 입산자 가족들을 솎아내던 날, 어른들이며 아이들이 모두 정신 놓고 울부짖으며 갈팡질팡하고 있는 그 와중에서, 차량 통행을 위해 교통정리 하던 여순경이 몰래 그 아주머니 식구를 뒤로 빼돌려주었다는 것이다.

아무튼 우리들은 사뭇 들떠서 요란하게 박수를 쳐댔다. 거기까지는 좋았다. 그런데 흥분이 너무 지나쳤던가, 느닷없이 〈공비적멸가〉가 튀어나왔다. 한 아이의 입에서 튀어나온 그 노래는 금방 교실 전체에 전염되어 합창으로 변했다.

역적의 남로당을 때려 부수자
역적의 산폭도를 때려 부수자
대한민국 만세를 부르며 가자

그 여순경도, 담임선생도 어리둥절한 표정이었는데, 얼굴까지 빨개진 그 여순경은 노래가 끝나기도 전에 아들을 데리고 황망히 교실 밖으로 나가버렸다.

이렇게 〈공비적멸가〉가 드높이 울려 퍼지는 가운데 차마 보기에 끔찍한 일들이 벌어졌다. 관덕정 광장에 시국 연설 대신에 이른바 즉석 재판이 열린 것이다. 남루한 행색의 농촌 청년들이 잇달아 단상에 올라 습격 몇 번, 도로 차단 몇 번, 전신주 절단 몇 번, 하는 식으로 시키는 대로 죄목을 복창하고는 곧장 형장으로 끌려가는 일이 자주 있더니, 드디어 그 광장에 목 잘린 머리통들이 등장했다. 잘린 목 그루터기에 살점이 너덜너덜한 머리통들을 창 끝에 호박통 꿰듯 꿰어 들고, 혹은 머리칼을 움켜서 허리춤에 대롱대롱 매달고서 토벌대들이 "산폭도의 말로를 보라!" 외치며 보무도 당당하게 읍내 한길을 동서남북으로 행진하고 있었다. 토벌대 행렬 위에 솟은 머리통들을 보고 환장한 바람까마귀 떼가 그 위를 스칠 듯이 낮게 선회하면서 까악까악 무섭게 우짖어댔다.

관덕정 광장으로 들어오는 오거리 길목에도 목 잘린 머리통들이 여러 번 전시되었다. 장발 머리에 핏기 빠져 허옇게 바랜 얼굴이 있는가 하면, 불에 그슬려 머리칼도 눈썹도 없이 타다 남은 나뭇등걸마냥 시커먼 얼굴도 있었다. 그리고 머리통마다 어느 마을 아무개라는 표찰이 붙어 있었다. 관덕정 광장은 내가 학교 다니는 길이어서 그 앞을 지날 때마다 두려움에 숨이 콱 막히는 것 같았다. 내 목에 예리한 찬 기운이 섬뜩 스쳐 지나가는 느낌이어서 나도 모르게 목을 쓰다듬곤 했다. 그런데 그렇게 무서우면서도 이상하게 자꾸만 시선이 거기로 갔다. 옆의 아이들이 두려움에 숨을 헐떡거리며 수군거렸다.

"폭도다, 폭도!"

"꼭 그슬린 도새기(돼지) 얼굴 닮았져."

그런데 한번은 그 그슬린 머리통에 옆집에 피란 와 있는 계성의 아버지의 이름이 붙었다. 나는 그 애 아버지 이름을 몰라 그냥 지나쳤다가 큰댁에 들러서야 그 사실을 알았다. 큰아버지가 먼저 가보고 그다음은 혈육이면 제 핏줄을 알지 않을까 해서 계성이를 데리고 가서 확인해보았지만, 불에 너무 타서 도무지 얼굴을 알아볼 수가 없었다. 관덕정 광장에서 칠성굴로 들어가는 한양상회 앞 거적때기 위에 뒹굴고 있던 그 머리통은 나중에 다른 사람의 것으로 밝혀졌는데, 그 사람은 한마을에 살던 나의 친척분이었다.

나는 장성한 다음에야 그 끔찍한 만행의 내막을 알게 되었다. 하긴 내막이라고 할 것도 없다. 은폐되어 있거나 복잡하기는커녕 너무 단순해서 오히려 소름이 끼친다. 증언자들은 더 보탤 것 없는 한마디 말로 이렇게 설명한다.

"최단 시일 내에 제주사태를 마감하라는 것이 상부의 명령이었지. 그러자 시간에 쫓긴 토벌대 사령부는 일계급 특진이라는 미끼를 걸어놓고 부하들을 살육 경쟁에 내몰았던 거야. 처음엔 사살한 폭도의 한쪽 귀를 잘라오라고 했는데 말이야, 양쪽 귀를 잘라와 전과를 두 배로 부풀리는 놈이 없나, 심지어 노인, 여자들을 죽여 귀를 잘라오는 놈들도 있었거든. 산에서 귀 잘린 노인, 여자들의 시체가 많이 발견되었단 말이야. 그래서 아예 목을 잘라오라고 한 거라구."

"그러면 까맣게 그슬린 머리통은 어떻게 된 겁니까?"

"아, 그건 또 이렇지. 민보단이라고, 왜 죽창 들고 토벌대 뒤따라 다니는 민간인들 있었지 않은가. 토벌대가 산사람을 생포하면 직접 죽이지 않고 민보단에게 시킬 때가 종종 있었어. 왜 그런고 하니, 그게 다 상부의 지시인데, 섬 백성으로 하여금 제 동족을 죽이게 하여 공범자를 만들자는 책략이지. 하여간 총을 들이대고 죽창질 하라고 위협하는데 안 할 도리가 있나. 그리고 죽창에 사람이 금방 안 죽거든. 그래서 죽창질 한 후에 불태워 죽이는 거지. 참으로 처참한 일이야."

그렇게 엄청난 인명을 살상하고 나서야 무자비한 정복자들은 피 묻은 손으로 평화의 제스처를 보냈다. 그리고 입산자는 누구든지 개과천선하여 귀순하면 생명은 물론 생업까지 보장한다는 노래가 아이들에게 보급되었다.

돌아오라 돌아와 따뜻한 품에
휘날리는 태극기를 우러러보며
이 땅에 또다시 즐거움을 부르자

그리하여 겨울산에서 죽다 남은 사람들이 귀순의 백기를 앞세우고 하산하기 시작했다. 혹시 속는 것은 아닐까 두려웠지만, 죽더라도 따뜻한 해변에 내려가 죽고 싶었노라고 했다. 총 맞아 죽더라도 햇빛 비치는 대로 한길을 한번 걸어보고 싶었노라고 했다. 석 달 넘게 산속에서 굶주림과 추위, 죽음의 공포에 시달리며, 옷도 신발도 벗어본 적이 없는 그들이었다.

여남은 명씩 떼 지어 토벌대의 감시 아래 관덕정 광장을 지나가는 그들의 행렬을 나도 두어 번 보았는데, 참으로 저럴까 싶게 참담한 몰골이었다. 젊은 남자들은 별로 보이지 않고, 거의가 노인, 여자, 아이들이었다. 총대로 맞아 얼굴이 퍼렇게 멍든 사람들도 있었다. 얼마나 굶주렸는지, 두 눈과 양 볼이 푹

꺼지고 얼굴에도 옷에도 검은 때가 잔뜩 올랐는데, 하산 도중 찬비를 만나 후줄근히 젖은 몸으로 오들오들 떨며 걸어가고 있었다.

장두의 최후

 이승만을 위한 환영회가 열렸던 관덕정 광장에 얼마 후 한라산에서 투쟁하던 유격대 대장 이덕구의 시체가 전시되었다.
 그 고장의 신화에는 비범한 능력으로 일어나 관에 맞서다가 비참한 최후를 맞는 장사, 장수들이 여럿 등장한다. 신화의 정신은 때때로 현실로 나타나 관의 침탈로 도탄에 빠진 섬 백성을 구하려고 떨쳐 일어난 불퇴전의 사나이들이 있었으니, 그들을 장두라고 불렀다. 민중을 이끌어 주성(州城)을 함락하고 권부를 압박하여 기어이 민생의 요구를 관철시킨 연후에 스스로 목숨을 내놓아 당당히 죽음을 맞이하던 그들, 그것은 제 한목숨 바쳐 만인을 구하고자 한 살신성인의 정신이었다.
 그러나 새로 생긴 중앙 권력은 그들의 정치적 야욕의 제물로서 제주 백성 절반쯤 죽여도 상관없다고 공언했다. 그리하여

자기희생으로써 만인을 살린 왕조 시대의 장두와 달리, 이덕구는 자신도 죽고 만인도 죽어버린 비운의 사내가 되고 말았다. 모든 것이 몰락해버린 상황에서 그의 죽음은 이미 불가피한 것이 되어 있었다. 부하의 배신으로 아지트가 발각되어 교전 중 사망했는데, 공식 발표는 사살이었다. 그러나 일반 사람들은 자살이라고 믿었다.

관덕정 광장에 읍민이 구름처럼 모인 가운데 전시된 그의 주검은 카키색 허름한 일군복 차림의 초라한 모습이었다. 그런데 집행인의 실수였는지 장난이었는지 그 시신이 예수 수난의 상징인 십자가에 높이 올려져 있었다. 그 순교의 상징 때문에 더욱 그랬던지 구경하는 어른들의 표정은 만감이 교차하는 듯 심란해 보였다. 두 팔을 벌린 채 옆으로 기울어진 얼굴. 한쪽 입 귀에서 흘러내리다 만 핏물 줄기가 엉겨 있었지만 표정은 잠자는 듯 평온했다. 그리고 집행인이 앞가슴 주머니에 일부러 꽂아놓은 숟가락 하나, 그 숟가락이 시신을 조롱하고 있었으나 그것을 보고 웃는 사람은 없었다.

그리하여 그날의 십자가와 함께 순교의 마지막 잔영만을 남긴 채 신화는 끝이 났다. 민중 속에서 장두가 태어나고 장두를 앞세워 관권의 불의에 저항하던 섬 공동체의 오랜 전통, 그 신화의 세계는 그날로 영영 막을 내리고 말았다.

어린 오동나무

 해변에서 피난 생활 하던 이재민들은 4월 말쯤 해서 검은 재의 폐허로 변한 고향으로 돌아갔다. 그러나 그들은 각자 자신의 집터로 돌아가지 못하고 아직도 경찰의 의심을 받아 포로처럼 한곳에 수용되었다. 둘레에 돌성을 쌓아 스스로를 가두고 돼지막만 한 움막에 사는 집단생활이 시작되었다. 낮 동안만 성 밖 출입이 허용되어 일몰과 함께 성문이 굳게 닫혔다.

 노형 사람들이 성을 쌓을 때, 외할아버지와 어머니도 며칠 가서 도와주었다. 굶은 속에 무슨 힘이 있을까? 여자들이 무거운 돌을 지고 진창에 나자빠지곤 했는데 누구누구 각시는 그래도 힘이 좋아 큰 돌을 지더라고 했다.

 수용소 생활은 참담한 것이었다. 굶은 기운에 보름 넘게 걸려 간신히 성을 쌓고 나자 움막에 줄불이 붙어 줄줄이 수십 채가 불타더니 나중에는 괴질까지 돌아 사람들을 또 한차례 죽음의 공포 속에 몰아넣었다. 무섭게 극성부리던 괴질은 다행히 세 명의 목숨만 빼앗고 끝이 났다.

내가 할머니와 함께 그 수용소를 찾은 것은 괴질이 발생하기 전인 6월 초였을 게다. 거의 2년 만에 밟아보는 고향길이었다. 그 사태 속에서 오랫동안 차단되어 극히 위험스러웠던 그 길 위에 다시 행인들이 나타나 있었다. 그러나 길은 아직도 사람의 발길에 덜 밟혀, 군용차가 다닌 두 줄기 바퀴 자국 외에는 잡초가 무성했고 길가의 밭들 역시 잡초 투성이어서, 당장 풀 속에서 누가 튀어나올 것 같아 으스스했다. 사태 속에 묵혀버린 밭들이 많았고, 요행히 보리를 간 밭들도 김매기를 못해 잡초가 우거져 있었다. 특히 무서웠던 것은 도령마루 고개를 넘을 때였다. 한때 근처 솔밭에 시체들이 허옇게 널렸던 곳인데, 할머니는 그쪽을 보지 말라고 낮게 속삭이며 내 손을 잡고 급히 종종걸음 치던 일이 생각난다.

우리 밭은 수용소 바로 못미처 큰길가에 있었다. 우리 세 식구가 먹을 보리가 자라고 있는 그 밭은 말이 보리밭이지, 산돼지라도 새끼 치게 잡초가 무성했다. 그해 그 밭의 보리 소출은 절반도 못 되게 꽉 줄고 그나마 쭉정이가 태반이었고, 그래서 우리 세 식구는 조 곡식 나는 늦가을까지 계속 배고픔을 참지 않으면 안 되었다. 잡초 무성한 그 밭은 밭담조차 사라져 더욱 을씨년스러웠다. 우리 밭뿐만 아니라 인근의 다른 밭들도 마찬가지였는데, 그 돌들이 수용소의 성 쌓는 데 들어간 것이다.

칙칙한 빛깔의 음산한 돌성 안으로 들어가니 돼지막보다 조금도 크지 않은 움막들이 한 팔 간격으로 납작납작 엎드려 있었는데 무어라고 말할 수는 없는 고약하고 불결한 냄새가 코를 찔렀다. 그날 밤이 나의 진외할머니, 그러니까 나의 할머니의 어머니의 제삿날이었다. 움막은 지붕도 벽도 온통 칡으로 엮은 억새풀로 둘러쳐져 있었는데 안에 들어가면 앉거나 누울 수밖에 없을 정도로 지붕이 낮았다. 바닥에도 억새풀이 깔려 있어 몸을 조금만 움직여도 버스럭거리는 소리가 났다.

할머니가 지고 온 바구니 짐에서 개다리소반과 함께 놋주발 대접 한 벌, 쌀 한 보시기, 감주가 든 사이다병, 사과 한 개, 달걀 한 개를 조심조심 꺼냈는데, 그것으로 그날 밤 제사가 치러졌다.

해가 지자 움막 속은 굴속같이 어두워졌고, 어둠 속에서 어른들이 오랫동안 억새풀 지푸라기를 부스럭거리며 낮은 목소리로 두런거렸다. 밤이 깊어 제 올릴 시간이 되었고, 그 숨 막힐 듯한 어둠 속에 한 점 불이 켜졌을 때 나는 얼마나 안심되고 기뻤던가. 개다리소반이 제상 대신 쓰여 그 위에 조그만 접시불이 놓였다. 처음 보는 불이었다. 작은 접시 속 창호지를 꼬아 만든 심지에 켜놓은 그 조그만 불방울, 그 불빛이 어둠 속에서 말없이 빛나고 있었다.

그리고 그 움막 속 억새 지푸라기 위에서 자고 난 이튿날 아침, 할머니와 함께 함박이굴의 폐허를 찾아갔을 때 내가 본 그 푸른 오동나무……. 우리 집을 태운 폐허의 재 속에서 그 독한 재를 먹고 어린 오동나무 한 그루가 분수처럼 힘차게 솟아올라 있었다. 아직도 검은 그을음이 남아 있는 돌축담 내부는 벽이 허물어져, 붉게 탄 흙더미와 검은 재, 지렁이 떼처럼 우글거리는 붉게 녹슨 못들과 숯더미뿐이었는데 그 한가운데를 뚫고 오동나무 한 그루가 시퍼렇게 솟아올랐던 것이다.

그리하여 그 움막의 어둠을 밝히던 접시불의 조그만 불방울과, 검은 재와 숯더미 속에 푸르게 솟아난 어린 오동나무는 훗날 생명의 강한 상징으로 나의 마음속에 뿌리내리게 되었다.

그렇다. 아이는 무조건 자라나야 한다. 무조건 자라는 것이 아이의 의무이므로, 아이는 결코 과거에 붙들리지 않는다. 그래서 4·3의 유복자들은 막무가내로 자라나서 4·3의 저 검은 폐허를 푸른 풀로 덮게 되는 것이다.

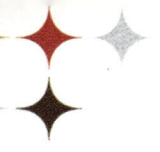

댕댕이넝쿨을 뜯어 남양 토인의 풀치마처럼 옹색하게 샅만 가린 채
집을 향해 냅다 뛰던 그 벌거숭이 아이

2부
바닷가 깅이

병문내 아이

 이제 나는 어느덧 슬픔과 외로움의 굴레에서 벗어나 물심양면으로 읍내 아이가 되어 있었다. 친구들이 새로 생겨 늘 그들과 어울려 지냈다. 그 아이들이야말로 내 가슴에 기쁨을 샘솟게 하는 원천이었다. 쉴 새 없이 재잘거리며 약동하는 즐거운 참새 떼, 서로 부딪치고 껴안고 만지고 걷어차고 간지럼 먹이고 다리 걸고 깔깔거리고……. 아이들 사이에 끼어들면 자신이 다른 아이들과 조금도 구별이 안 되게 그 속에 용해되어 도대체 시간 가는 줄 몰랐다.
 몸이 엿물에 절인 듯 달콤하게 도취되던 그 시간들. 어찌나 놀이에 정신 팔렸던지, 한번은 병문내에서 발가벗고 놀다가 낭패 본 일도 있다.
 어머니가 냇가에 나타나 나를 심부름시키려고 불렀는데, 아무리 소리쳐 불러도 물놀이에 미쳐 들은 체도 안 하니까, 화가 나서 물가에 벗어놓은 내 옷을 가져가버렸던 것이다. 길에 사람들이 다니는데 벌거숭이로 집에 가자니 집 잃은 달팽이처럼 정말 황당했다. 댕댕이넝쿨을 뜯어 남양 토인의 풀치마처럼 옹색하게 샅만 가린 채 집을 향해 냅다 뛰던 그 벌거숭이 아이, 길 가던 사람들이 껄껄대고 웃고……. 그날 나는 사람들 앞에서 창피를 주었다고 울며불며 어머니한테 대들고 저녁밥도 거부한 채 한바탕 시위를 벌였다.

그러나 그것이 어머니의 자식 키우는 방식인데 어찌할 것인가. 어머니가 사람들 다니는 길에서 나를 알몸으로 만든 것은 그날만이 아니었다. 한번은 옻나무를 만졌다가 전신에 두드러기가 생긴 적이 있는데, 어머니는 사람들의 왕래가 많은 골목 어귀, 먹구슬나무 밑에 나를 발가벗겨 세우고는 왕소금으로 어린 살을 피나게 부벼대고 비로 쓸면서, "몸에 부스럼 거둬 갑서, 헛쉬, 헛쉬!" 하고 주문을 외웠던 것이다.

어쩌다 잠자리에서 오줌을 싸 그때도 비슷한 창피를 당했다. 어린 시절 오줌싸개 경험이 있는 사람은 아마도 그 얄궂기 짝이 없는 기분을 평생 잊지 못할 것이다. 탱탱하게 부푼 오줌보가 기분 좋게 꺼져들면서 따뜻한 오줌이 홍건하게 아랫도리를 적실 때의 그 나른한 쾌감, 그러다가 오줌이 식어 썰렁하게 치

받는 냉기에 흠칫 놀라 잠이 깨는데, 그때의 낭패감이라니. 그런 날이면 날이 밝은 다음에도 차마 이불 밖으로 나오지 못하고 한참 꾸물거리곤 했다.

오줌 싼 벌로 나는 이웃집에 가서 소금을 빌어오지 않으면 안 되었다. 처음 겪는 일이라 그것이 벌인 줄도 모르고 멍청하게 양재기를 들고 이웃집에 갔다가 그만 창피를 당하고 말았다. 부엌에 있던 그 할머니는 괜히 싱글벙글 웃으며 소금을 퍼 주는 체하다가 느닷없이 달려들어 키를 씌우고 빗자루로 때리는 게 아닌가. "오줌 싸라, 똥 싸라!" 하면서 깔깔 웃어댔는데, 어찌나 놀라고 창피했던지. 심통이 난 나는 그 후 몇 번 그 할머니를 만나도 못 본 체 지나쳤다가 그 때문에 또 어머니한테 매를 맞았다.

눈물은 내려가고 숟가락은 올라가고

 자식의 잘못을 발견하면, 어머니는 우선 매부터 찾았다. 자식을 좋은 말로 타이른다는 것은 어머니에게 도무지 감질나고 성에 차지 않는 일이었다. 자상한 어머니 노릇을 하려 해도 늘 일에 쫓겨 그럴 겨를도 없었을 것이다. 그때는 내가 왜 그리도 건망증이 심했는지, 뭘 흘리고 다니기를 잘했는데, 신주머니 때문에 여러 번 맞았다. 물자가 귀한 시절이라, 터진 무릎을 기울 헝겊 조각도 여간 아쉽지 않은 터에 신주머니를 자주 잃어버렸으니 맞을 만도 했다. 어머니 말마따나 나는 아예 정신을 빼서 꽁무니에 차고 천방지축 놀기에 미쳤던 모양이다. 신주머니를 꽁무니에 찼으면 잊어버리지 않았을 텐데 말이다.

 어머니가 때리는 매는 대개 두 대로 정해져 있었는데, 먼저 부지깽이로 땅바닥을 때리면서 호되게 야단쳐서 정신을 쏙 빼놓은 다음, 종아리에 딱딱 매 두 대를 올려붙이곤 했다. 막상 맞아보면 그리 아픈 매는 아닌데, 그 부지깽이가 욕소리에 장단 맞춰 땅바닥에서 춤을 추다가 별안간 종아리로 튀어 오르는 순간까지가 아슬아슬하여 참기 어려웠다.

그런데 한번은 무슨 망조가 났던지, 매 맞고 나서 팩하고 성질을 내고 말았다. 매 맞은 것도 분했지만, 까마귀 고기 먹은 것도 아닌데 자꾸만 신주머니를 잃고 다니는 나 자신에게도 단단히 화가 났던 모양이다. 잔뜩 심통이 나 울근불근하다가 저녁밥이 들어오자 "나 밥 안 먹어!" 하고 단호하게 선언하고 돌아앉아버렸다. 내가 그런다고, 제발 밥 먹으라고 달랠 어머니인가. 오히려 내 꼴이 우습다고 빈정댔다.

"무사(왜) 배 아판? 배탈 날 땐 한 끼 굶어 좋주."

나는 그 말에 약이 올라 어깨까지 들먹이며 씩씩 코를 부는데, 별안간 어머니의 손이 매 발톱같이 내 뒷덜미를 움켜쥐었다.

"요것이 또 매 맞젠 성질부려? 써억 돌아앉지 못하크냐?"

그러면서 어머니가 나를 밥상 앞에 꿇어앉혔다. 기회는 이때인데, 못 이기는 척 돌아앉을까? 점심 먹은 것도 변변치 못한 터에 저녁까지 굶으면 나만 손해인데……. 갓 쪄낸 고구마의 구수한 냄새가 코끝에 스멀거렸다. 그러나 다음 순간, 나는 어머니의 손을 뿌리치고 용수철에 튕긴 듯 냉큼 일어났다.

"난 밥 안 먹어, 안 먹는단 말이야!"

이렇게 꽥 소리 지르고 방 밖으로 나서는데, 어머니가 어느새 달려와 다시 뒷덜미를 낚아챘다.

"요노미 새끼가 어딜 기어 나가?"

나는 방 안으로 끌려가지 않으려고 툇마루의 기둥을 와락 껴안았다. 내 어깻죽지를 잡고 잡아당기는 어머니에 맞서 나는 기둥에 다리까지 걸고 막무가내로 버텼다. 그런데 흥분한 나머지 내 입에서 해서는 안 될 말이 튀어나오고 말았다. '밥 안 먹어'가 '그런 밥 안 먹어'가 되어버린 것이다.

"난 그런 밥 안 먹어! 그게 무슨 밥이라? 감저(고구마) 꽁댕이지. 맨날 그런 것만 멕이구……."

내 말에 나 스스로 놀라 눈이 휘둥그레졌는데, 아닌게아니라 그 말이 어머니의 아픈 데를 정통으로 찌른 모양이었다. 보통 성난 것이 아니어서 눈에 불이 철철 넘치는 듯했다.

"요 새끼, 말하는 것 좀 보라! 감저 꽁댕이? 아이고 요것이 먹는 음식을 나무래는구나. 고생허는 에미 불쌍토 안해서 날 나무래여?"

그렇게 해서, 나는 기둥을 꽉 껴안은 채 징징 울면서 네댓 대 매를 견뎌낸 다음 밥상머리로 끌려갔는데, 한판 난리굿을 피운 뒤라 밥맛이 각별히 좋았다. 물론 밥이 아니라, 고구마 세 자루에 김치 세 가닥이었지만, 역시 목구멍이 포도청이었나 보다.

아직도 울음이 남아 연방 쿨쩍거리며 고구마를 씹는 나를 넌지시 바라보던 어머니는 숟갈이 필요 없는 식사인데도 자못 엄숙하게 예의 숟갈론을 들먹였다.

"그것 보라. 눈물은 내려가고 숟가락은 올라가지 않앰시냐. 그러니까 먹는 것이 제일로 중한 거다."

이처럼 어머니의 자식 다루는 방식은 단도직입적이고 속전속결이었다. 잠깐 사이에 사납게 퍼붓고 지나가는 소나기처럼 한판에 끝나는 격렬한 시합이라고나 할까? 어머니도 그걸 즐기는 듯한 눈치였다. 물론 나로서는 당연히 져야 하는 시합이었지만 그렇다고 만만한 상대는 아니었다. 나는 온 이웃이 다 들리게 울며불며 강짜를 부렸고, 그러한 나를 제압하기 위해 어머니 또한 혼신의 힘을 쏟지 않으면 안 되었다.

그렇게 한바탕 소동을 치르고 나면, 보통 때는 전혀 느낄 수 없는 깊은 안도감과 평화로움이 우리 둘 사이에 자리잡곤 했다. 소나기 구름이 걷힌 맑은 하늘처럼 퍽 개운한 표정이던 어머니. 그렇다, 짜증나게 더운 여름날, 한줄기의 소나기는 얼마나 상쾌한 것인가. 그러므로 자식을 가르치기 위해 한바탕 벌여놓는 그 소동은 어머니에게 오락의 기능까지 겸하고 있었던 셈이다.

죽음의 시간은 지나갔지만 굶주림은 여전하여, 늘 기죽어 허리를 못 편 채 먹이를 찾아 불볕더위 속을 불개미처럼 뿔뿔 기어다니는 신세인데, 무슨 놀이가 따로 있고 무슨 오락이 따로 있겠는가. 그리하여 낮 동안 텅 비어 적막했던 우리 동네는, 어른들이 일터에서 돌아오는 저녁 시간이면 아연 활기를 띠어 이 집 저 집에서 욕질하는 고함 소리와 함께 매 맞는 아이들의 울음소리가 터져 나오곤 했다. 가난한 그들에게 그것은 자식 교육이자 유일무이한 오락이었을 것이다.

똥깅이

 그러나 어머니만이 나를 키운 것은 아니다. 내 동무들도 내 성장을 도왔고, 동무들과 함께 뛰놀던 대지 또한 내 성장의 요람이었다. 나는 어머니의 부속물이면서 동시에 아이들 무리 속의 일부였고 대자연 속의 한 분자였다.
 "아이고, 요 고운 것! 요것이 어디서 솟아나싱고?"
 외할머니는 내가 하는 어린 짓이 귀여우면 이렇게 탄성을 지르곤 했는데, 얼핏 들으면 그 말은, 내가 어머니의 배를 빌리지 않고 땅에서 솟아난 것처럼 기분이 묘했다. 지금은 거의 쓰지 않는 말이 되어버렸지만, 그 시절만 해도 우리 고장에서는 어린 것이 귀엽다고 흔히 그러한 표현을 썼다. 어째서 '생겨났다', '태어났다'라는 말 대신에 '솟아났다'라고 했는지는 확실치 않다. 다만 삼성혈의 고·양·부 세 선조가 땅에서 솟아난 것과 연관해서 그런 말을 쓰지 않았나 짐작할 뿐이다. 나의 외가가 바로 제주 양씨였다.

아무튼 나는 어머니의 자식이자 대지의 소산인 셈인데, 그래서 나의 유년은 어머니와 대지, 그 두 모체에 예속되어 있는 시기였던 셈이다. 유년·소년을 거쳐 성년에 이르렀을 때, 나는 과연 무엇이 되어 있었던가. 나를 결정한 것은 인간만이 아니었고 자연의 몫 또한 컸으니, 부모를 비롯해서 그때까지 내가 겪은 모든 사람과 내가 젖줄 대고 자란 대자연, 그 모든 것의 총화가 바로 나라는 존재였던 것이다.

병문내는 그 섬 고장의 개천들이 대개 그렇듯이, 큰비 올 때만 냇물이 흐르는 건천이었다. 비가 와서 내가 터지면 밖으로 넘칠 듯이 엄청난 양의 누런 붉덩물이 우렁우렁 소리를 지르면서 바다를 향해 무섭게 내달리곤 했다. 그렇게 3~4일 한바탕 냇물이 흐르고 나면 하상의 암석들은 깨끗이 씻겨 햇빛에 빛나고 웅덩이물도 깨끗해졌는데, 그때부터 병문내는 아이들의 차지여서, 여름 한철 벌거숭이 아이들의 물놀이하는 소리로 시끌벅적했다.

🌿 삼성혈 | 제주도의 고씨·양씨·부씨의 시조가 솟아났다는 3개의 구멍을 말한다. 삼시조들은 가죽옷을 입고 고기를 사냥해 먹고 살다가, 곡식의 씨와 송아지·망아지를 가지고 온 벽랑국의 세 공주와 각각 결혼하여 농경생활을 시작하였다고 한다.
🌿 붉덩물 | 누런 황토가 섞여 탁하게 흐르는 큰물

흐린 날도 마다 않고 놀았는데 물속에 너무 오래 있다가 나오면 몸이 덜덜 떨리게 추웠다. 입술은 오디 먹은 것처럼 퍼레지고, 눈은 토끼눈처럼 빨개지고, 손가락 발가락은 물에 불린 콩껍질처럼 쭈글쭈글해지고, 고추는 살 속에 파고들어 보이지 않는데, 이빨을 딱딱 맞부딪치면서 떨어대는 그 꼴을 상상해보라.

"야, 너 큰났다. 고추가 없어졌잖아!"

댓 살짜리 조무래기들은 그 말을 곧이듣고 앙, 하고 울음을 터뜨리곤 했다.

우리가 헤엄을 배우며 놀던 물속에는 물방개, 소금쟁이, 물장군 같은 곤충들이 능숙한 수영 솜씨를 뽐내며 우리와 함께 놀았다. 물 위를 날아다니는 말잠자리들도 제 딴에 물놀이한다고 연방 쫑긋쫑긋 꽁지를 물에 적셨고, 물가의 붉은 꽃 여뀌풀, 자주달개비 떼들도 우리가 텀벙대며 일으키는 물결을 타며 덩달아 우쭐우쭐 춤추고, 심지어 겁쟁이 참새들마저 저만큼 떨어진 물가 얕은 데서 흘끔흘끔 엿보면서 얼른 날개를 적시고는 포르릉, 포르릉 날아올라 나뭇가지에서 깃털을 다듬곤 했다.

우리는 곤충을 잡아 가지고 놀기도 했다. 장대 끝을 쪼개 벌려놓고 거기에 끈끈한 거미줄을 잔뜩 감아 잠자리채로 썼는데, 수놈을 잡으면 꽁지에 황토흙을 발라 암놈으로 꾸며놓고 다른 수컷을 유혹해서 잡았다. 냇가 풀숲에는 메뚜기, 여치들이 많았다. 여치는 잡기 쉬워서 잠깐 사이에 한 꿰미를 만들 수 있었다. 바랭이 풀대를 뽑아 꿰미로 썼는데, 그 가느다란 풀대로 살아 있는 여치의 연한 몸을 톡 뚫을 때의 감촉은 아직도 내 손끝에 아련히 남아 있다. 여치들은 풀대에 몸이 꿰었어도 죽지 않고 연방 허공을 향해 뒷발질해 차 오르곤 했다. 정말 생명이 질긴 놈이었다. 자칫 잘못해서 여치에게 물릴 때도 있었는데, 피가 날 정도는 아니지만 꽤 아팠다. 손가락을 물고 놓지 않는 여치를 대번에 눌러 죽일 수도 있지만, 나는 일부러 아픔을 참으면서 천천히 꽁무니를 잡아당겨 몸을 찢어버리기를 잘했다. 그것은 나에게 아주 자연스런 행위여서 불쌍하다는 생각은 조금도 없었다. 나는 징그런 지네도 맨손으로 잡아 죽일 수 있게 되었다. 발발 기어가는 지네의 머리 부분을 손끝으로 날렵하게 찍어 누르고는, 지네가 몸을 비틀며 거꾸로 기어올라 손등을 할퀴는 것도 아랑곳 않고 퍼런 독을 뿜는 양 이빨을 뚝뚝 분질러놓곤 했다. 지금의 나로서는 끔찍해서 도무지 엄두도 안 날 일을 그렇게 자연스럽게 해치웠으니, 아무래도 그때의 나는 지금과는 다른 부류의 인간이었던 모양이다. 그것은 자연에 밀착된 아이만이 할 수 있는 능력이리라.

그러나 잠자리, 여치, 지네 따위를 잡아봐야 남의 집 곁방살이하는 처지라 그것들을 모이로 갖다줄 닭이 있을 리 없었다.

모처럼 잡은 걸 다른 애한테 주어버릴 때의 아쉬움이라니. 그냥 주기가 아까워서 잠자리 같은 것은 꽁지를 빼고 그 대신 보릿대를 박아 공중에 날려 보내기도 했다.

그러나 나는 '똥깅이'라고 부르는 민물게는 절대 잡지 않았다. 그게 바로 내 별명이었으니까. 깅이는 사투리로 바닷게인데, 아이들이 내 이름을 줄이고 비틀어서 '깅이'라고 불렀다. 그런데 고약스럽게도 깅이가 때때로 똥깅이로 둔갑하여 나를 약 오르게 하곤 했다. 똥깅이는 그 냇가에 뿔뿔 기어다니는 민물게로, 축축한 흙 구멍에 살아 색깔이 칙칙하고 다리에 털이 숭숭숭 돋아 모양이 흉했다. 그래서 사람들이 먹을 게 못된다고 그렇게 불렀던 모양이다. 혹자는 곡식이 모자라면 그런 거라도 먹으면 좀 나을 게 아니냐고 할지 모르겠다. 그러나 그런 흉하게 생긴 민물게 말고도, 동네 바로 아래 바닷가에 가면 지천으로 널린 것이 바닷게이고 고둥이었다.

하여간 나는 '땜통' 외에도 '똥깅이'라는 별명이 하나 더 얻어걸린 것인데, 그래서 다른 아이들은 닭 먹인다고 그걸 잡았지만, 나는 장난으로도 손을 대본 적이 없었다. 별명이란 끈질긴 것이어서, 내가 두 해 여름 병문내에서 헤엄을 배우고서 민물을 떠나 바다로 진출한 뒤에도, 그러니까 민물게가 바닷게로 탈바꿈한 뒤에도 그 별명은 좀처럼 떨어지지 않았다.

웬깅이

나뿐만 아니라 내 주위의 다른 애들도 대개 별명으로 불리었다. 제대로 된 이름은 학교 출석부에만 있을 뿐, 내 이름이 깅이로 불려지듯이, 원경이는 웬깅이(왼손잡이), 준영이는 주넹이(지네)가 되고, 그 밖에는 이름과 상관없이 돌패기, 쇠똥이, 그리고 입술 오므라든 모양이 닭의 미주알 같다고 닭똥고망 등으로 통했다. 일본에서 살다 들어와 뒤늦게 우리 패에 끼어든 아이가 있었는데, 혀 짧은 소리로 양말을 '얀말', 공부를 '곤부', 엉덴이를 '언데니'라고 발음해서 '언데니'라는 별명이 붙었다. 처음 바다를 본 그 아이는 게·고등을 잡으며 한창 정신없이 노는 사이에 썰물에 바다가 저만큼 멀리 달아난 것을 보고 "와아, 여기 있던 바당(바다)이 없어져부렀네" 하고 놀란 탄성을 질러 우리를 웃겼는데, 그래서 '바당 없어져부렀네'가 또 하나의 별명이 되기도 했다.

웬깅이는 대장간집 아이였다. 늘 대장 노릇을 했던 그 애는 힘세고 몸놀림이 빨라 싸움을 잘할 뿐만 아니라, 나이도 우리보다 한두 살 위여서 아무도 그 위치를 넘보지 못했다. 그래서 똥깅이라고 불러도 나는 웬깅이한테만은 대들지 않았다.

우리끼리는 서로 별명을 주고받는 처지여서 별 허물이 안 됐지만, 어머니가 그렇게 부르면 여간 질색하지 않았다. 특히 웬깅이, 주넹이는 그 애들 어머니가 먼저 그렇게 불러서 생긴 별명이었다. 그 때문에 모자간에 가끔 승강이가 벌어지곤 했다. 예를 들면 이렇다.

우리가 서로 머리를 맞대고 앉아 공깃돌놀이를 하고 있는데, 가까이에서 부르는 소리가 들려온다.

"웬깅아, 웬깅아."

그러나 녀석은 못 들은 척 계속 놀이판만 들여다본다. 아무리 불러도 꼼짝 않고 마냥 배짱부린다. 녀석이 그럴수록 오히려 나머지 우리가 불안해진다. 달아나고 싶지만, 녀석의 부라리는 눈이 무섭다.

"야, 가만히 있어. 느네들도 못 들은 체해."

마침내 잔뜩 골이 난 웬깅이 어머니가 들이닥친다. 녀석은 어머니한테 한쪽 귀를 잡힌 채 끌려 일어나면서 아그그, 아그 그, 연방 비명을 올린다.

"요노무 새끼, 무사 대답 안 햄시? 귓구멍에 당나귀좆 박아시냐?"

"언제 날 불러서? 웬깅이 부르는 소린 들어도 날 부르는 소린 못 들었는디!"

아들의 능청에 어머니가 기가 막힌다는 표정이다.

"하이고, 요놈이 무식하다고 에밀 또 놀리네."

"어멍이 내 이름을 부를 중 모르난 그렇지 머. 내 이름은 웬깅이가 아니라 원경이, 김, 원, 경! 알았수과?"

"짐 웬깅이…… 에이그 이눔아, 그거나 저거나 한가지지 뭐!"

웬깅이가 얼마나 짓궂은 장난꾸러기인가 하면, 예를 들어 이렇다.

내가 골목 어귀의 먹구슬나무 아래에서 갓 구워낸 흙구슬을 시험 삼아 굴리고 있는데 녀석이 불쑥 나타난다. 뒤에서 불쑥 나타나 내 앉은키 위로 가랑이를 훌쩍 넘기고는 "양양, 너 이젠 키 안 자란다" 하고 놀려댄다. 짓궂게도 그게 녀석이 늘 하는 인사 방법이다. 어떤 때는 비가 그친 뒤인데, 머리 위로 갑자기 비가 우루룩 쏟아져 깜짝 놀라 올려다보면 어느새 나타났는지 나무에 기어올라 발로 나뭇가지를 흔들어대는 녀석이다. 내가 화가 나서 벌떡 일어서는데, 녀석이 땅바닥의 내 구슬들을 얼른 주머니에 쓸어 담고 달아난다. 녀석은 정말 몸이 빠르다. 간발의 차로 녀석은 나를 따돌리고 나무 위로 후딱 올라가 버린다. 어찌나 나무를 잘 타는지, 웬깅이 외에도 '웬셍이'란 별명이 덤으로 붙었다. 큰 아이들이 때리려고 쫓아와도 나무 위로 달아나면 그만이다. 아랫가지에 왕자처럼 떡 발 디디고 선 녀석은 나를 내려다보면서 낄낄거린다.

"양양, 죽겠지. 나무에 올라오면 구슬 주우지."

녀석은 나의 약점을 건드려 더욱 약 오르게 한다. 나는 매미 잡으러 나무에 올라갔다가 떨어져서 죽을 뻔한 후로는 나무타기가 딱 질색이다. 단단히 화가 난 나는 녀석에게 팔뚝으로 쑥 떡을 먹인다.

"야! 웬셍이 똥고망! 에라, 이거나 먹어라! 웬셍이 똥고망은 빨개."

웬셍이 똥고망은 녀석이 제일 싫어하는 별명이다.

"야, 똥깅이, 똥 낑낑 똥깅이, 너 정말 나하고 붙을래?"

하고 눈을 무섭게 부릅뜨더니, 느닷없이 발 디딘 나뭇가지를 널뛰듯 마구 흔들어 나뭇잎과 함께 징그러운 자벌레들을 우수수 내 머리 위로 쏟아붓는다. 정말 나로서는 당해낼 재간이 없는 상대다. 내가 진저리 치면서 몸에 붙은 자벌레들을 떼어내고 있는 사이, 녀석은 고소하다는 듯이 낄낄거리면서 나무에서 내려온다.

"너 구슬 맹근 거 좀 보자. 에헴, 이 성님이 한번 검사해봐야지."

녀석은 주머니에서 내 구슬들을 꺼내 손바닥에 놓고 들여다 보더니 대번에 눈살을 찌푸린다.

"야, 똥깅이, 이게 구슬이냐, 토끼똥이지. 내가 가르쳐준 대로 안 했지?"

"그대로 했는디, 뭐. 그늘에서 3일 말리고 나서 아궁이불에 구웠는데……."

"아궁이불? 에라, 이 멍퉁아, 그러니깐 잘 안 구워졌지. 보리 가스락불이나 쇠똥이나 말똥불에 구워야지. 새끼, 챙피하게시리 이따우 걸로 구슬치기하젠?"

웬깅이 말대로 내 구슬들은 강도가 약해 쉽게 부서졌다. 웬깅이는 주머니에서, 우리가 쇠구슬이라고 부르는, 굵은 볼베어링을 꺼내 앉은 채 눈 높이에서 떨어뜨렸는데, 그 정도에서도 내 흙구슬들은 파삭파삭 허망하게 부서지는 것이었다. 가난해서 유리구슬은 살 처지가 안 되는 나 같은 아이들은, 흙구슬일망정 오지그릇만큼이나 광택 나고 단단하게 구워야만 유리구슬에 대항할 수 있다는 것이, 바로 내가 웬깅이로부터 배운 교훈이었다.

먹구슬나무

 동네 어귀에 서 있던 그 먹구슬나무 얘기가 나왔으니, 잠깐 정신을 가다듬고 그 모습을 머리에 떠올려봐야겠다. 시가지 확대로 없어진 지 오래된 그 나무는 지금 내 기억 속에 옮아와 살고 있다. 내 기억의 흐릿한 회색 풍경 속에 짙은 초록의 뚜렷한 자태로 서 있는 그 나무. 백 년 묵었다는 그 늙은 나무는 밑동이 어른 팔로 한 아름이 훨씬 넘게 통이 굵었는데, 겨울철 모진 북풍에 시달려 그쪽 방향은 다 모지라지고, 마치 버선짝을 거꾸로 세워놓은 듯이 울담 높이에서 기역자로 꺾여 가지들이 남쪽을 향해 길게 뻗어 있었다. 수많은 잔가지들이 집 마당만큼 넓은 평수를 차지하여, 봄에는 자색 꽃구름을 피워 올리고 여름에는 무성한 잎으로 시원한 그늘을 만들어주었다. 늦가을의 잎 털린 잔가지마다 송이송이 매달려 있는 노란 열매들은 또 얼마나 영롱한 빛이던가.

 우리가 동네 안에 있을 때는 늘 그 나무 밑에서 놀았다. 우리의 손때가 묻어 껍질이 반들거리던 나무. 기운 없어 몸이 늘어지던 춘궁기, 그러한 봄날에 나를 더욱 몽롱하게 만들던 그 짙은 꽃 냄새와 벌 떼의 잉잉거리는 소리, 여름철의 무성한 녹음 속에 소나기처럼 귀청 따갑게 와자하니 쏟아지던 매미 울음소리, 그리고 가을날, 먹구슬새들이 날아와 열매를 쪼면서 내 머리에 똥을 갈기던 일……. 물론 이러한 것들은 계절에 따라 달라지는 그 나무의 외양을 특징적으로 단순화해본 이미지들일 뿐이다. 그 나무가 거느린 식솔이 어찌 벌, 매미, 먹구슬새뿐이겠는가.

 그 나무는 제 몸의 체액을 내주어 숱한 미물들을 키우고 있었다. 노랑등에, 자벌레, 풍뎅이, 무당벌레, 개미, 진딧물, 달팽이, 거미. 특히 여름철에는 그 풍요로운 몸에서 넘치는 젖처럼 끈끈하고 노란 진액이 흘러나와 더 많은 벌레들이 꼬여들었다. 그 나뭇진을 동그랗게 뭉쳐 땅속에 파묻어두면 이듬해에 노랑등에처럼 황금빛의 단단한 구슬이 된다고 했다. 그 얼마나 아름다운 거짓말인가.

 내가 나뭇진을 파묻으려고 나무 밑의 땅을 조금 팠을 때 그 속에 썩은 뿌리와 뒤엉켜 굼벵이들이 우글거리는 것을 보고 질

겁했던 일이 생각난다. 1~2년 지난 뒤에 수업 시간에 굼벵이가 매미의 유충임을 배워서 알게 되었지만, 매미와 굼벵이의 그 엄청난 모순은 좀처럼 납득이 가지 않았다. 곤충은 좋아했지만, 애벌레는 질색이었다. 그 나무의 밑동에도 애벌레들이 살고 있었다. 구새 먹어 썩은 구멍에 개미 유충들이 마른나무 부스러기를 뒤집어쓰고 굼실거리고 있었는데, 나는 심심하면 그 구멍에다 오줌을 싸 넣고는 했다. 그러니까 그 늙은 먹구슬나무는 곤충들뿐만 아니라, 그 애벌레들도 먹여 살리고 있었던 것이다.

그뿐인가. 그 나무는 한여름 불볕더위 속에 시원한 그늘을 드리워 다른 벌레들도 불러다놓곤 했다. 허구한 날 그 나무 밑에서 놀았던 아이들 역시 벌레들과 함께 그 품 안의 자식이나 다름없었다. 아이들은 저희들끼리 놀기도 했지만 벌레들과 놀기도 했다.

우리는 심지어 집달팽이도 좋아했다. 달팽이 몸이 아기살처럼 부드럽고 분홍빛이어서 꼭 발가벗은 아기가 기어가는 형용이었다. 그래서 달팽이가 뚜껑 속으로 쏙 들어가버리면 다시 보고 싶어서 "창문 열라, 고운 아기 보게" 하고 노래도 불렀다. 우리는 징그럽고 무섭게 생긴 거미도 좋아해서, 개똥범벅, 쇠똥범벅 해줄 테니 내려와서 같이 놀자고 꾀었는데, 그런데 그

놈은 영리해서 줄을 타고 내려오다가도 우리의 눈과 마주치면 부리나케 다시 올라가버리곤 했다.

그러나 벌레들과 같은 식솔이면서 아이들은 변덕스런 폭군이기도 했다. 지네 이빨을 뽑고, 풍뎅이의 다리를 꺾어 뒤집어 놓고 날갯짓으로 마당을 쓸게 하고, 달아나는 땅강아지를 쫓아가며 뜨거운 오줌벼락을 때리고, 개미들이 애써 나르는 먹이를 빼앗고, 자로 치수 재듯이 허리를 꾸불텅거리며 기어가는 자벌레를 재미있게 구경하다가도 싫증 나면 손톱을 힘껏 튕겨 죽여버리기도 했다.

예쁘고 신기하다고 가지고 놀다 보면 장난에 시달려 제풀에 죽는 벌레들도 있었다. 송장메뚜기를 잡으면 뒷발을 잡고 춤추게 만들고, 매미를 잡으면 목에 실을 매어 날리고, 그리고 금빛 광택이 나고 날개가 투명한 노랑등에도 예쁘다고 자주 잡았는데, 그것들은 장난하는 손에 시달려 거의 죽을 지경이 되어서야 놓여나곤 했다. 그러니까 우리의 무심한 장난은 벌레들에게는 언제나 생사가 달린 문제였다. 그렇게 우리의 사랑이 지나쳐서 벌레들이 더러 죽기도 했지만, 어찌하랴, 무심함이 아이들의 천성인 바에야.

아무튼 우리는 그 벌레들과 함께 그 늙은 나무의 품 안에 든 한식구였다. 나는 땅바닥을 기면서 열심히 흙구슬을 굴리다 문득 내 옆에서 쇠똥구리 한 마리가 쇠똥을 굴리는 것을 본 적이 있었는데 마치 그놈이 자기도 구슬치기하겠다고 끼어드는 것 같아 절로 웃음이 나왔다.

그리고 그 나무에 겨울이 오면, 새들이 쪼고 아이들이 따다 남은 열매들을 마저 털어버리면서 거센 북풍이 불어왔다. 풍요롭던 그 모든 것을 떨구고 빈 몸으로 서 있는 나무, 벌레들은 사라지고 아이들만 그 나무 밑에 남아 있었다. 말타기, 자치기와 연날리기. 강풍에는 연날리기도 쉽지 않아서 걸핏하면 나무 위로 곤두박질쳤고, 때때로 내리는 눈은 강풍에 수평으로 날려 나무줄기에 덕지덕지 달라붙곤 했다.

나는 모진 북풍 속에 버티고 서 있는 그 나무의 의연한 모습을 잊을 수 없다. 그물처럼 촘촘히 얽혀 허공에 떠 있는 수많은 빈 가지들, 거기에 내 가오리연이 걸려 있었고 바람에 날아오른 지푸라기들이 어지럽게 붙었는데, 강풍이 몰아칠 때마다 수많은 잔가지들이 일제히 몸을 흔들며 쏴아 쏴아, 하고 일으키는 파도 소리. 모진 칼바람에 어린 가지들이 멍들고 찢겨 나가도, 곤충들의 알과 유충을 몸속에 품고서 의연한 자태로 서 있던 그 나무. 그 나무의 둥치 밑 땅속에는 내가 묻은 나뭇진 구슬이 매미 유충과 더불어 꿈을 꾸며 월동하고 있었다.

그리하여 훗날, 그 나무를 생각하면 바람 타는 나뭇가지들이 일으키는 파도 소리가 우선 귀에 쟁쟁 울려오곤 했다. 그 파도 소리야말로 철철이 달랐던 그 나무의 여러 모습 중에 진정한 압권이었다. 그 힘겨운 투쟁이 여름날의 위대한 번성을 마련했으니, 그 나무의 무성한 녹음 속에서 풍요와 번성을 구가하던 매미 떼의 합창, 그것은 또한 왁자하니 쏟아지는 소나기 소리와 흡사했다. 겨울의 파도 소리와 여름의 소나기 소리. 그사이에 나도 한층 자라, 땅속에 파묻은 나뭇진이 아무것도 안 되었으리라는 걸 파보지 않고도 알 정도로 제법 철이 나 있었던 것이다.

대장간

 웬킹이네 대장간은 병문내 다리 근처 개울가에 있었다. 땡강 땡강 쇠 때리는 소리가 나면 나는 집에서 숙제를 풀다가도 그곳으로 줄달음질치고 싶은 마음이 되곤 했다. 그 대장간에도 강한 힘이 존재했는데, 다른 곳보다 구경하기에 훨씬 아기자기한 맛이 있었다. 그래서 내가 웬킹이 앞에서 꼼짝 못했던가. 아마도 나는 대장간이 갖고 있는 그 신비한 힘 때문에 그 애의 힘과 담력을 실제보다 훨씬 부풀려 생각했음에 틀림없다.

 개천에 잇닿아 있는 그 대장간은 헛간이나 다름없게 작고 볼품없었으나, 일단 화덕의 잉걸불이 이글거리기 시작하면 어둑신하던 내부가 빛과 열기와 힘으로 충만해지곤 했다. 웬킹이를 빼고 세 식구 모두가 일에 바싹 대들어붙었는데, 웬킹이 어머니는 풀무를 불고, 큰형은 집게로 빨갛게 단 쇠를 다루고, 작은

형은 모루 위에 올려진 단쇠를 육중한 쇠메로 내리쳤다. 입산했다가 귀순한 큰형은 동상으로 한쪽 다리가 썩어 무릎 밑을 잘라낸 불구자였다.

풀무채를 밀고 잡아당기면서 풀무를 불 때마다 토벽까지 빨갛게 익은 화덕은 푸우, 푸르륵, 푸우, 푸르륵, 하고 거인의 거친 숨소리를 내고, 성난 듯이 이글거리는 잉걸불 위에서 무쇠 조각이 서서히 달아오르는 광경은 언제 보아도 재미있었다. 무겁고 차가운 무쇠의 놀라운 변신. 빨갛게 단 쇠는 화덕을 벗어나 거인의 발통같이 생긴, 시커먼 모루 위에 올려졌을 때 더욱 눈부시게 아름다운 광채를 발했다. 손으로 만질 수 없는 백열의 아름다움. 단쇠는 한 덩어리의 범접할 수 없는 빛으로 변한 듯 당장 집게와 모루를 벗어나 가볍게 허공으로 날아오를 것만 같았는데, 때를 놓치지 않고 육중한 쇠메가 그 위를 내리쳤다. 단쇠는 집게에 물린 채, 번철 위의 부침개처럼 이리저리 뒤집어지고 그 동작에 맞춰 쇠메가 정확하게 그 위로 내리꽂히곤 했다. 뗑겅뗑겅 계속 메를 맞으면서 하나의 연장으로 다듬어진 단쇠는 마지막으로 물통에 담가지는 담금질에서 생명의 붉은 광택을 잃고 무겁고 침울한 무쇠로 돌아가는 것이었다.

힘차게 메를 휘두르는 작은형은 그야말로 강자의 모습이 역연했다. 벌거벗은 상체는 불빛이 번져 붉은데, 기름 바른 듯 땀이 번들거리고, 크고 작은 수많은 근육들이 울근불근 쉴 새 없이 뛰놀았다. 근육들은 메를 쳐들어 올릴 때는 동아줄같이 비틀리며 툭툭 불거지다가 메를 내리치면 단쇠의 울림으로 푸들푸들 겁나게 파동쳤다. 힘을 쓰느라고 눈이 퉁방울이 되고 입은 왼쪽으로 모질게 비틀어졌는데, 큰형도 그렇게 입이 비틀어지고, 그걸 구경하는 아이들의 입도 비틀어져 있었다.

우리 같은 아이들뿐만 아니라 어른들도 그 구경을 좋아해서 물건을 사러 왔다가도 한참이나 작업 광경에 넋이 빠지곤 했다. 작업 도중에 바쁜 손님이 있으면 웬깅이가 냉큼 나가 시중을 들었다. 손님이 고른 물건을 어머니한테 보이며 값을 묻고 돈을 받아 건네는 일이었다. 손님들은 특히 낫을 고를 때 신중해서 담금질이 잘 되었는지 알아보려고 손톱으로 튕겨보기도 하고 심지어는 낫날을 혀에 대고 맛을 보기도 했다. 그게 무슨 맛일까 궁금해서 나도 새로 벼린 낫날에 혀를 대보았다. 뭔가 섬뜩하고 매캐하고 톡 쏘는 느낌이었는데, 그게 쇠 맛이었을까 불 냄새였을까? 아니면 혀 베일까 두려운 나머지 상상으로 그런 맛을 느꼈는지도 모르겠다.

때로는 우리가 헤엄치는 물웅덩이 곁에 노천 대장간을 차리기도 했다. 마차 바퀴에 쇠테를 씌우는 일이었는데, 그것 또한 볼만한 구경거리였다.

겹겹이 포개서 쌓아 올린 여남은 개의 둥근 쇠테와 거기에서 물가 쪽으로 댓 발짝 떨어진 곳에 쌓아놓은 같은 수효의 나무바퀴들, 그리고 소 한 바리분의 장작더미, 모든 것이 풍성했다. 포개 올린 쇠테들 안팎으로 장작더미를 잔뜩 쌓아놓고 불을 지폈는데, 처음에는 햇빛에 바래어 불꽃이 보이지 않다가 엄청 솟아나는 푸른 연기가 안개처럼 개천 안을 가득 채우면, 대낮인데도 불길은 그 휘황한 자태를 그대로 보여주곤 했다. 그 불꽃을 배경으로 목공소에서 금방 나온 나무바퀴들이 뿜어내는 희디흰 빛 또한 인상적이었다. 큰 작업이라 일꾼도 여러 명이고 구경하는 아이들도 많았다. 멀찍이 떨어져 앉았는데도 송진 타는 냄새와 함께 후끈한 열기가 밀려왔다.

  장작이 다 타서 잉걸불이 되어 아래로 가라앉고 벌겋게 달궈진 쇠테들이 드러나면 그때부터 본격적인 작업이 시작되었다. 벗은 상체가 불에 익어 벌겋게 된 인부들의 동작들은 억세고 민첩했다. 빨갛게 익은 쇠테는 기다란 집게에 물려 밖으로 나오면 햇빛에 바래어 금방 푸르딩딩한 빛으로 변했다. 그것을 세 명의 인부가 집게로 맞들어 댓 발짝 옮겨가 나무바퀴에 조심스럽게 맞춰서 얹으면, 거기서 기다리던 다른 두 명이 즉시 무거운 메로 쇠테를 내리쳤다. 꽈당꽈당 메를 내리칠 때마다 식어버린 듯 푸르딩딩한 빛의 쇠테는 아직도 활활 살아 나무바퀴를 뿌지직 뿌지직 태우면서 아래로 먹어들어갔다. 그렇게 잠깐 사이에 쇠테를 씌우고 나면, 한 사람이 바퀴살을 잡고 일으켜 세워 푸른 연기를 내뿜는 바퀴를 물웅덩이로 힘껏 굴렸다. 그렇게 해서 물을 만난 불은 쉿쉿 무서운 비명과 함께 흰 수증기를 뿜어 올리고 주위의 물을 부글부글 끓게 하면서 서서히 죽어갔던 것이다.

그러나 물과 불의 싸움에서 불만이 죽는 것은 아니었다. 여남은 개의 바퀴를 담금질하고 난 그 작은 웅덩이물은 그 또한 마침내 죽어 그 후로는 썩은 냄새가 나고 물벼룩, 장구벌레들이 잔뜩 꼬여 아이들은 더 이상 물놀이를 할 수 없었다.

분홍빛 새살

그런 어느 날, 나는 그 노천 대장간에서 쇠테를 끼운 바퀴에 손을 다치고 말았다. 마침 덥지 않은 가을날이어서 쇠테 박는 현장에 바싹 다가앉아 구경하다가 그런 봉변을 당했다. 작업이 다 끝나서 인부들이 물속에 빠진 바퀴들을 하나씩 밖으로 내쳤는데, 눈 깜짝할 새에 바퀴 하나가 굴러와 내 앞에서 벌렁 자빠지면서 돌에 얹힌 내 왼손을 쳤던 것이다. 으깨져 피투성이가 된 왼손은 손목에서 떨어져 나가는 것처럼 아팠고, 고통에 못 이겨 나는 까무라쳐버렸다.

웬깅이 작은형이 나를 둘러업고 병원으로 황망히 달려갔는데, 다행히 큰 사고는 아니었다. 다른 손가락들도 퉁퉁 부어올랐지만 뼈마디가 으스러진 데는 없고 다만 새끼손가락만 으깨져 뼈마디가 어긋나고 세 군데 깊고 길쭉하게 찢긴 상처가 있었다. 마취 주사도 없이 생짜로 꿰매는 바느질은 또 얼마나 아팠던가. 참다못해 또 한 차례 기절하고 말았다.

학교도 결석한 채 여러 날 병원에 다니며 치료를 받던 나는, 아이들과 떨어져 있는 동안에 다시 우울증이 도져 걸핏하면 눈물을 찔끔거렸다. 손꼽아 기다리던 가을 소풍도 말짱 허사가 되고 말았다. 학교에 입학한 지 1년 반 동안 4·3사건으로 한 번도 치른 적이 없던 소풍이었다.

보름 만에 반 아이들 앞에 나타난 나는 그 상처 때문에 뜻밖의 환대를 받았다. 찢겨진 맨살을 터진 장갑 집듯이 바늘로 꿰맸다는 사실이 좀처럼 납득이 가지 않는지 모두 놀란 표정이었다. 꿰맨 상처 부위는 새살이 돋아 분홍빛이었는데 녀석들은 그것도 신기해서 탄성을 질렀다. 내 손가락을 만져보는 아이들도 있었다. 나는 마치 훈장을 탄 용사처럼 우쭐한 기분이었다. 그래서 나도 모르게 입에서 허풍이 나왔다. 두 번 까무러친 일까지 신이 나서 자초지종을 설명해주는데, 말이 엉뚱하게 빗나가 사고 원인이 벌겋게 달군 쇠테가 내 손 위로 굴러간 것으로 둔갑하고 말았다. 녀석들 중에는 그 사고를 목격한 웬깅이도 끼어 있었지만 신경 쓰지 않았다. 나는 또 그 거짓말을 사실처럼 들리게 하기 위해서, 새살이 분홍빛인 이유도 벌건 쇠바퀴에 지져져서 그렇다고 둘러댔다.

"그래서 말이야, 이 손가락은 아직도 불 냄새가 나. 혀를 대면 쇠 맛도 나고."

나는 아이들 보는 앞에서 짐짓 눈을 지그시 감으며 흉터의 분홍빛 새살에 혀끝을 대는 시늉을 해 보였다. 웬킹이네 대장간에서 갓 만든 낫에 혀를 대고 맛보던 식으로 말이다. 물론 그때처럼 혀끝을 톡 쏘는 알싸한 쇠 맛이 날 리 없지만.

"야아, 그 맛 참 근사한데! 틀림없이 쇠 맛이야. 불 냄새도 나고. 너네들 한번 내 손가락 빨아볼래?"

그러니까 그 상처가 화상에 의한 것처럼 착각하게 된 것은, 아마도 아이들 앞에서 그런 식으로 거짓말하고 난 뒤부터 생긴 게 아닌가 싶다. 거짓말도 아주 그럴듯하게 해서 듣는 사람을 감동시키고 나면, 자신이 한 말을 실제 있었던 일처럼 스스로 착각할 수도 있지 않을까?

그게 동물적 본능인지는 몰라도, 그 시절 나는 상처를 핥는 버릇이 있었다. 워낙 돌이 많은 고장이라 나 같은 아이들은 천방지축 뛰어놀다가 길바닥의 돌부리에 채어 넘어지기 일쑤였다. 그래서 내 무르팍은 성한 날이 드물 지경이었다. 무르팍이 깨져 피가 나오면 혓바닥으로 핥고 나서 고운 흙가루를 뿌려 지혈시키곤 했는데, 그것만으로도 상처들은 대개 덧나지 않고 쉬이 아물었다.

돼지고기 한 점

초등학교 3학년 때였다. 한번은 어머니가 크게 놀란 나머지 정신을 다친 적이 있었다. 조밭에 김매느라 한창 바쁠 때였는데, 일찌감치 조반을 차려놓고 밭에 갈 생각으로 인적 없는 어둑새벽에 동네 우물로 물을 길러 갔다가 그런 봉변을 당했다. 우물전 밑에 물허벅(동이)을 벗어놓고, 희끄무레한 어둠 속에서 손으로 더듬어 두레박줄을 찾던 어머니의 발끝에 뭔가 물컹한 것이 밟혔다. 흠칫 놀라 밑을 보니 거기에 웬 사내가 쓰러져 있었다. 얼결에 뒤로 주춤 물러서다가 물허벅에 걸려 넘어졌는데, 쨍그랑 물허벅 깨지는 소리에 더욱 놀란 어머니는 그야말로 혼비백산, 정신없이 집으로 달려왔다. 사람 시체인 줄만 알았단다. 그런데 나중에 알고 보니 술 취한 사람이었다. 날이 밝아 물 긷는 아낙네들의 발걸음이 잦아질 때까지 그 취한은 계속 거기에 네 활개를 펴고 널브러진 채, 씩씩 썩은 술 냄새를 풍기며 자더라고 했다. 그 얼마나 더럽고 방자한 꼬라지였을까. 술 빚을 곡식은커녕 먹을 곡식도 부족한 시국에 그렇게 고주망태로 술을 처먹을 수 있는 사람이 과연 누구겠는가. 서북청년 패거리 그 망나니들밖에 없다고 어머니는 후에도 두고두고 분개하곤 했다.

아무튼 어머니는 그 충격으로 몸져누웠는데, 그 병에 쓰인 약이 바로 돼지고기 한 근이었다. 제대로 못 먹어 속이 허한 터에 그렇게 놀랐으니 병이 안 될 리 없었다. 속이 허하면 헛것이 보인다고 했다. 그래서 우선 허한 속을 달래주어야 한다며 외할아버지가 돼지고기 한 근을 사서 보냈다. 약이니까 자식들 눈치 보지 말고 혼자 먹으라는 엄명이었지만, 어머니는 아귀 같은 자식들을 두고 그 고기를 혼자 먹을 수 없었다. 아마 그 돼지고기의 절반은 우리 오누이 입으로 들어갔을 것이다. 꿀 바른 돼지고기 편육, 세상에 그렇게 맛있는 약이 또 있을까, 혓바닥이 다 녹는 듯한 그 기막힌 맛이라니!

얼마나 가난했으면 돼지고기 한 근이 약으로 쓰였을까. 특히 허기증이 심한 임산부들일수록 제정신이 아니어서 고기를 먹

● 서북청년 | 4·3사건 초기에 학살을 주도한 우익청년운동단체

고 싶어 안달한 나머지, 측간에서 똥 누다 말고 돼지털을 뽑아다 불에 태워 킁킁 냄새를 맡기도 했다.

사람이 똥 누는 데 웬 돼지냐고 의아해할 이들이 있을 것 같아서 하는 말인데, 그 당시 그 섬 고장에서는 집 울타리의 한 귀퉁이에 돼지울을 만들고 그 한 귀퉁이에 측간을 마련하여 인분으로 돼지를 키우는 풍습이 있었다. 그것을 더럽다고 하지 말자. 돼지 덕분에 측간은 오히려 악취 없이 청결하지 않았던가. 고교 졸업 후, 서울 생활을 시작할 무렵 내가 제일 싫어했던 것들 중의 하나가 그곳의 변소였다. 좁고 어둡고 악취 진동하는 그 닫힌 공간에 들어가 쪼그려 앉자면, 발밑에 컴컴하게 아가리 벌린 똥통이 끔찍했고 거기서 올라오는 악취 또한 어찌나 골 때리는지, 정말 협소공포증이 일어날 지경이었다. 그것과 비교할 때, 그 섬 고장의 측간은 너무도 마음 편한 곳이었다. 말이 측간이지, 그것은 벽도 지붕도 없이 한데에 디딤돌 두 장을 걸쳐놓고, 돌 몇 덩이로 앞만 가린 것에 불과했다. 밝은 햇빛 속에서 흘러가는 구름을 바라보면서 똥을 눈다는 것은 얼마나 쾌적한 일인가.

그 기분이 잘 이해가 안 된다면, 들길 가다가 풀섶 사이에 뒤를 본 경험을 떠올리면 될 것이다. 나는 그걸 들똥이라고 명명할 정도로 유난히 좋아한다. 밝은 햇살 속에 쪼그리고 앉아 향

긋한 풀 냄새를 맡으면서 똥을 눌 때의 그 쾌적함이라니! 똥이 예뻐 보이는 것도 그때다. 푸른 풀포기 위에 곱다랗게 만들어진 싱싱한 황톳빛의 또아리, 그 위로 어느새 날아든, 털빛 고운 청파리 두어 마리, 그리고 휴지 대신 부드러운 풀을 한 줌 뜯어서, 아니면 햇볕에 따뜻하게 데워진 동그스름한 돌멩이로 밑을 닦을 때의 쾌감은 여러분들도 잘 알 것이다.

들똥이 그런 것이라면 밤중에 누는 똥은 밤똥이었다. 어린 시절이라 배변이 불규칙해서 종종 밤똥을 눠야 했는데, 그때마다 나는 깜깜한 어둠 속의 측간이 무서워 쩔쩔매곤 했다. 측간에는 측귀라는 귀신이 있었다. 그놈이 얼쩡거리지 못하게 연방 침을 퉤퉤 뱉어야 했는데 그때 내 벗이 되어 측귀를 물리쳐주는 것이 바로 측간 안의 돼지였다. 퉤퉤 침 뱉는 소리에 잠 깬 돼지가 어둠 속에서 꿀꿀거리며 마중 나오는 소리를 들으면 금방 두려움이 사라지곤 했던 것이다.

어쨌거나 돼지는 측간을 깨끗이 청소해주고, 좋은 거름을 줄 뿐만 아니라 고기 맛도 유별나게 좋아서 아주 소중한 가축이었다. 고기 맛이 좋은 것은 두말할 것 없이 인분으로 키웠기 때문이다. 비계가 적어 졸깃졸깃하고 맛이 짙었는데, 그 특이한 감칠맛을 먹어본 사람은 아직도 혀끝에 기억하고 있을 것이다. 물론 배고픈 시절의 입맛이라 더욱 그랬으리라. 돝배설국(돼지

내장탕)은 또 얼마나 근사한 별미였나.

 아, 그 구수한 냄새! 명절 전날 동네 사람들이 십시일반으로 추렴해서, 돼지 한 마리를 그슬릴 때, 털 타는 그 구수한 누린내가 지금도 코끝에 맡아지는 것 같다. 맛뿐만 아니라 냄새도 이렇게 기억에 강렬한 인상을 남기는 것이다. 지난날의 사물·사건들 중에 기억에서 사라진 것이 허다한데, 배곯던 시절의 그 냄새는 내 후각에 아주 뚜렷하게 남아 있다. 구체적으로 그 냄새는 돼지고기 한 점의 맛과 연관되어 있다. 한 점의 돼지고기를 나는 얼마나 먹고 싶어했던지! 1년 중 고기라고 생긴 걸 입에 대보기는 명절이나 제사 때뿐이었다.

 우리 집 제사는 음력 8월에 몰려 있어서, 나는 1년 중 그 달을 제일 좋아했다. 추석 명절에다, 1년 차로 돌아가신 증조부님과 조부님의 제사가 그달에 있었다. 제사 끝난 다음, 흰 쌀밥과 함께 받아먹은 떡반은 너무도 맛있는 별식이었다. 특히 한 점의 돼지고기 맛은 잊을 수 없다. 입에 살살 녹는 비계 맛이라니! 더도 덜도 아니고 딱 한 점이 내 몫이었다. 돼지고기·구운 생선 각각 한 점, 송편 한 개, 메밀묵 두 점, 사과·귤 각각 한 조각…… 이렇게 자손들에게 돌아가는 떡반은 어른 아이 할 것 없이 양이 똑같았다. 집안의 제일 연장자인 할머니 몫도 마찬가지였는데, 그것마저 당신은 묵 한 점만 먹는 시늉을 하고 나머지는 모두 손자들에게 나눠줘버리곤 했다. 불심이 깊은 분이라 돼지고기는 아예 입에 대지도 않았다.

그런데 우리 오누이는 아버지 덕분에 특별 대접을 받았다. 섬 밖 외지에 나간 자손에게도 떡반이 똑같이 나와서, 아버지의 몫은 우리 차지였던 것이다. 평소에는 잊고 지내던 아버지의 존재가 실감으로 느껴질 때가 바로 그러한 경우였다.

조상의 제상 앞에서, 아버지를 대신해서 큰아버지가 나를 가르쳤다. 한쪽 귀퉁이가 불에 탄 병풍이 세워져 있었고 불타는 고향집에서 증조부의 위패와 함께 그 병풍을 구해낸 할아버지도 그 제상 위에 신위로서 좌정해 있었다. 제상에 엎드려 절하는 나에게 큰아버지가 근엄하게 훈계하셨다.

"똥고망을 하늘로 쳐들지 말고, 얌전히 내려! 두 발을 얌전히 포개고 그 위로 엉뎅이를 살짝 놓아라. 그렇지."

바닷가 깅이

바다는 몸에 난 종기들도 치료해주었다. 물속에 들고 나며 게, 고둥을 잡고 헤엄치며 놀고 있노라면, 바다와 태양이 서로 번갈아가며 소금과 자외선으로 아이들 알몸을 정화시켜주었다. 우리는 일삼아서 서로의 종기를 짜주기도 했는데, 고름이 빠져 빠꼼하게 뚫린 구멍은 헤엄치며 놀다 보면 바닷물에 절여져 쪼 글쪼글하게 아물어들곤 했다.

바다에서는 머리 정수리에 눌러 붙은 쇠똥도 쉽게 벗겨졌다. 어린아이들이라 세수를 싫어해서 콧등에 물 찍어 바르는 식의 고양이세수가 고작이었는데, 그래서 머리에 검은 때가 눌러 붙기 잘했다. 일단 때가 한 꺼풀 앉으면 쉽게 떨어지지 않아, 겨울이면 그 쇠똥 밑에 머릿니가 서식하여 머리를 헐게 하기도 했다.

어머니가 내 머리를 감길 때면, 머리통을 세숫대야에 처박고서, 마치 솥창의 누룽지를 몽당 숟갈로 긁어대듯이 양손의 손톱을 세워 인정사정 두지 않고 박박 긁어대곤 했는데, 아, 그때의 아픔이라니! 그런데 바닷가에서는 그 쇠똥이 쉽게 벗겨져서 좋았다. 쇠똥은 바닷물에 절었다가 햇볕에 구워지기를 반복하다 어느새 말끔히 벗겨져 나가곤 했다.

한번은 쨍쨍 내리쬐는 햇볕이 따가워 손으로 머리를 만졌는데, 뭔가 께름칙한 것이 손끝에 밀리면서 아래로 툭 떨어졌다. 손바닥 크기의 검정 꺼풀, 꼭 머릿가죽처럼 보였다. 머릿가죽이 홀랑 벗겨져버린 줄 알고 얼마나 놀랐던가.

물속에서 나오면 젖은 몸이 강렬한 햇볕에 금세 말라 허옇게 소금기가 서걱거렸다. 그런데도 햇볕은 따갑게 느껴지지 않았다. 시원한 해풍이 열기를 알맞게 식혀주었기 때문인데, 그래서 살갗은 화상을 입어 벗겨지는 법 없이 서서히 검게 그을었다. 바다의 물빛이 스며들 정도로 투명해 보이던 처음의 알몸이 검게 그을고 있는 동안 살갗 밑에서 구체적으로 무슨 일이 일어나고 있었나.

서늘한 미풍에 알맞게 배합된 햇빛과 소금의 작용, 일종의 광합성이 이루어지고 있지 않았을까? 어린 잔뼈를 굵히는 칼슘 합성 따위의 물질적인 것을 말하는 것이 아니다. 햇빛, 소금, 미풍은 물론 하늘과 바다의 드넓은 푸르름이 함께 혼융되어 있는 것, 그러한 광합성이 분명 내 몸 안에서 발생하고 있었을 게다. 그 광합성은 나에게 어떤 정신적 양식을 만들어주었을까?

아, 보인다. 원색의 그 푸른 공간, 그 밑바닥에 꼬물꼬물 움직이는 그 아이가. 그 아이가 있는 물가에서 시작해서 드넓게 퍼져나간 바다, 바다와 하늘이 서로 푸른빛을 다투며 멀리 수평선까지 퍼져나가 만나고 있는 그 광활한 공간, 그리고 작열하는 태양, 거기에 어린 내가 한 점 살아 있는 미물로서 물가를 뿔뿔 기어 다니고 있다. 뿔뿔 기어 다니는 한 마리의 게나 다름없는 야생의 작은 생명, 눈의 흰자위만 하얗고 고름 짜낸 종기 그루터기만 분홍빛이던 그 깜둥이 아이……

그 아이는 지금 큰 갯바위를 돌며 게 사냥에 한창 정신이 팔려 있는 중이다. 이파리를 훑어낸 듬북(해초의 일종) 줄기 끝에 미끼로 고둥 알맹이를 달고서 게들이 숨어 있는 바위틈을 노린다. 바닷물이 울컥거리며 연상 드나들고 있는 그 바위틈에서 게 두 마리가 미끼를 따라 슬슬 밖으로 기어 나온다. 바싹 긴장한다. 그중 한 놈이 미끼를 덥석 무는 순간 얼른 낚아채 손바닥으로 덮친다. 자르르 윤기가 도는 미역빛의 참게다. 입 안에 넣기도 전에 벌써 군침이 돈다. 손에 잡힌 게는 잔뜩 성이 나서 양 집게발을 사납게 딱 벌리고 두 눈을 뾰족 곤두세운다. 입에서 부글부글 흰 거품이 끓어오른다. 그러나 강자인 아이에게 부글거리는 게거품은 위협적이기는커녕 밥 끓는 거품 같아 재미있기만 하다. 밥하라, 국 하라, 아이는 혼자 흥이 나서 노래를 부른다. 게거품은 더욱 많이 부글부글 끓어올라 비누거품처럼 햇빛에 오색으로 빛난다. 이제 그만큼 거품 끓었으면 밥이 다 됐을 테지, 국도 다 됐을 테지, 이제는 먹을 차례다.

아이는 펄펄 살아 버둥거리는 게를 먹기 시작한다. 먼저 사납게 생긴 집게발부터 입 안에 넣는다. 입술이 물리지 않게 한껏 이빨을 드러낸 상태에서 어금니로 집게발을 아드득 씹는다. 그렇게 양쪽 집게발을 차례로 씹어 먹은 다음, 나머지는 통째로 입 안에 집어넣는다. 버둥거리는 게의 잔발들에 입 안이 할퀴지 않게 순식간에 어금니로 깨물어 죽이는데, 그때 툭 터져 나오는 체액의 고소한 맛이라니!

아이는 게 사냥에 너무 열중한 나머지 밀물이 시작된 지 이미 오래인 줄도 모른다. 게들이 점점 많이 보이기 때문이다. 그것들이 밀물이 한창일 때 나타나는 물맞이게들인 줄을 아직 모르고 있는 것이다. 병문내의 얕은 물을 갓 졸업하고 올해야 바닷물에 입문한 3학년짜리 분수 모르는 아이니까. 그렇게 게 사냥에 온통 정신을 빼앗기고 있는 사이 바닷물은 조금씩조금씩

수위를 높이며 바위 면을 기어오른다. 건너편 부두에서 출항하는 화물선이 부웅부웅 뱃고둥을 울리지만, 그것도 아이의 귀에 들리지 않는다. 그날따라 혼자여서 "물 들어온다, 나가자!" 하고 소리쳐주는 아이도 없다. 이윽고 바닷물은 바위면 중간쯤까지 부풀어올라 거기에 붙은 배말조개들이 물을 맞으려고 뚜껑을 빠끔빠끔 열기 시작한다.

그쯤에서 다행히 나는 제정신이 돌아왔다. 아마도 해가 구름 속에 들어 주위가 갑자기 흐릿해졌기 때문이었을 것이다. 잠에서 깬 듯 화들짝 놀라 일어났는데, 아닌게아니라 밀물은 어느새 나를 앞지르고 저만치 밀려가 비었던 갯바닥을 반 넘게 하얗게 덮고 있었다. 바닷물이 나를 포위해버린 것이다. 무서웠다. 지금도 선명히 떠오르는 그 은백색의 물빛, 아마 해가 구름에 가려져서 그런 빛이었으리라. 흐릿한 은백색의 바다는 미풍에 물너울이 부드럽게 일렁거렸는데, 마치 한없이 넓은 흰 광목천을 펼쳐놓은 듯했다. 물이 더 들기 전에 어서 도망가야지, 두려움에 오그라붙은 다리를 간신히 펴고 물에 첨벙 뛰어들었다. 그러고는 얼굴을 물에 묻은 채 죽어라고 팔다리를 놀렸다. 물귀신이 당장 뒤쫓아와 발목을 낚아챌 것만 같은 두려움에 제정신이 아니었다.

그러나 정작 문제가 생긴 것은 그다음이었다. 물에서 나와보니 벗어놓은 옷이 보이지 않았다. 작년처럼 어머니가 가져가버렸나, 짓궂은 웬깅이가 몰래 나타나 장난쳤나? 물가를 이리 뛰고 저리 뛰며 찾아보았으나 옷은 온데간데없었다. 그사이 바닷물이 들어 쓸어가버린 것이 분명했다. 허리 깊이의 물속까지 들어가 두리번거려보았으나 옷은 끝내 보이지 않았다. 불현듯 눈물이 주르륵 흘러내렸다. 점점 부풀어 오르는 은백색의 바다 표면, 그 물속 어딘가에 너울거리며 흘러가고 있을 나의 검정 반바지와 흰 러닝셔츠, 밀물에 점점 가라앉고 있는, 내가 섰던 갯바위……. 바다가 내 목숨 대신 내 옷을 가져간 것이다.

그날 얼핏 불길한 그림자로 스쳐간 죽음은 이듬해 여름, 바로 그 장소에서 내 동무 장수를 삼켜버리고 말았다. 바람 부는 날 나와 함께 높은 파도를 타던 그 아이는 그만 파도에 쓸려간 채 영영 돌아오지 않았던 것이다. 그래서 열 살 때의 옷을 잃어버린 그 체험은 잠재의식 속에 늘 살아 있어서, 훗날 어른이 된 뒤에도 가끔씩 꿈자리에 나타나곤 했다. 무제한으로 하얗게 펼쳐진 무명천, 그 한가운데에 혼자 발 묶인 채 안달하는 벌거숭이 아이 말이다.

꼬마 병정

어려서부터 나는 군복을 좋아하지 않았다. 전쟁 초기, 그러니까 그것도 3학년 무렵이었을 텐데, 한때 군복의 국방색이 아이들의 복장에 유행한 적이 있었다. 전쟁 중이라 색 중의 색은 역시 국방색이었나 보다. 그것은 권력의 상징이었다. 그 당시에는 국군을 국방군이라고도 했는데, 아마 그래서 국방색이라는 말이 생겼을 것이다.

그런데 나도 그 옷을 입어봤지만, 처음 입을 때만 제 색일 뿐, 염색이 어찌나 엉터리였는지 빨래 두어 번에 그만 허옇게 탈색되어버렸던 것이다. 그래서 유행은 금방 끝나버리고, 나의 겨울 외투만이 우리 반 교실에서 유일한 국방색으로 남았다.

내 외투는 아버지가 입던 군용을 줄여 만든 것으로 털이 많이 빠진 허름한 것이긴 했지만 색깔만은 진짜 국방색이었다.

그 무렵 훈련병 인솔차 잠시 섬에 들어온 아버지가 남기고 간 물건이었다. 처음에 어머니는 그것을 팔아보려고 했지만, 민간인의 군용품 사용이 엄금되던 때라 헐값에 내놔도 작자가 없었다. 할 수 없이 재봉틀집에 가지고 가서 내 외투를 만들었는데, 다행히 그것이 소아용 외투 두 벌 감이 되어 품삯은 따로 물지 않아도 되었다.

그리고 아버지가 남기고 간 물건들 중에는 그 외투 외에도 역시 중고 군용품인 고무 우비와 작전 가방이 하나씩 있었는데, 그 조그만 가죽 가방은 내 책가방으로 변조되었다. 변조라고 해야 낡은 혁대를 잘라서 양 어깨끈을 해 단 것뿐이었다. 원래 작전 지도와 쌍안경만을 넣게 된 가방이라 일반 책가방에 비해 턱없이 작았는데, 군인들이 꽁무니에 달랑달랑 차고 다닌다고 해서 '똥가방'이란 별명이 붙은 물건을 내가 등에 짊어지고 다니게 된 것이다.

이것이 대충 내가 팔자에도 없는 겨울 외투와 책가방을 갖게 된 연유인데, 군용을 줄여 만든 국방색 외투에다 밤색 작전 가방을 등에 진 나는 아마도 영락없는 꼬마 병정의 모습이었을 것이다. 나는 그런 모습이 별로 마음에 들지 않았다. 아무리 국방색이 판을 치는 시절이라지만, 잘사는 집 아이들의 검정 외투와 정식 책가방 앞에서는 기가 죽을 수밖에 없었고, 무엇보다도 전교생을 통틀어 그런 복장을 한 아이가 나밖에 없다는 사실이 나를 언짢게 했다. "야, 쫄병!" 하고 놀려대는 아이들도 있었는데, 그런 소리를 들을 때마다 나보다 아버지가 무시당하는 듯해서 입맛이 썼다.

학교에 다니는 길에 혹시 헌병을 만나면 어쩌나 하는 불안도 늘 있었다. 헌병들은 민간인이 군복 한 쪼가리라도 걸치고 있으면 결코 그냥 지나치지 않았다. 당장 우악스레 빼앗거나 변조한 옷이라도 심통 부려 등짝이나 궁둥이에 먹물로 흉측하게 ×자를 그려 넣곤 했다. 혹시 나도 그렇게 당하는 게 아닐까 하는 불안, 그럴 경우에는 우리 아버지도 헌병이라고 분명하게 응수하라고 어머니가 시켰지만 과연 내 입에서 그런 말이 나올 수 있을지 영 자신이 없었다.

그런데 다행히도 헌병들은 어린 나한테까지 어쩌지는 않았다. 그들의 눈에도 꼬마 병정 차림이 우스워 보였던지, 그 무서운 얼굴에 거짓말처럼 싱긋 미소를 보이기도 했다.

그러다가 한번 옳게 걸려들고 말았다. 장대비가 쏟아지던 어느 날 마침 군용 우비를 뒤집어쓰고 학교에 가다가 덜컥 걸려든 것이다. 그날 나는 우비만 빼앗긴 게 아니라, 헌병대에 끌려가 한 시간가량 무릎 꿇고 벌을 받아야 했다. 우리 아버지도 육군 헌병이라고 했지만, 아무 소용이 없었다. 거기에서 풀려나오자 서러움이 복받쳐 눈물이 펑펑 쏟아졌다. 엉엉 울면서 장대비 속을 뛰어가던 그 아이, 학교까지 가기는 했으나 물에 빠진 생쥐처럼 쫄딱 젖은 몸으로 차마 수업 중인 교실에 들어갈 수 없어서 집으로 돌아와버렸던 것이다. 그날의 참담한 심정은 지금도 손에 잡힐 듯 가깝게 느껴진다.

그렇게 한번 당하고 난 후부터 나는 헌병을 두려워했고 두려워한 나머지 싫어하게 되었는데, 이 억압된 콤플렉스는 그대로 아버지에 대한 좋지 못한 편견으로 이어졌다. 아버지 역시 헌병이었고 내 몸에 착용한 군용품이 부담스러운 만큼, 아버지에 대한 반감도 함께 생겼으리라.

표준어

　내가 바닷가에서 옷을 잃어버린 그해 여름 본토에서 6·25 전쟁이 발발했다. 4학년 때의 읍내 모습을 생각하면 이전과는 판이한 인상으로 떠오른다. 전쟁이 여러 달째 계속되면서 읍내는 급격한 변화를 겪고 있었다. 그때 일로 먼저 생각나는 것은 소형 전투기들이 벌이는 기총소사 연습 광경이다. 전투기들은 읍내 상공을 시위하듯 위협적으로 한 바퀴 선회하고 나서 비행장 근처 바닷가 야산인 도두봉 꼭대기를 표적 삼아 기관포를 쏘아대곤 했는데, 먼 거리인데도 타타타 재봉침 박는 듯한 소리가 심란하게 들려오곤 했다. 육군 훈련소가 생겨난 후인지라 군용 차량의 왕래도 이전보다 훨씬 더 빈번해졌다. 아이들의 수집품 목록도 다양해져서 흙구슬·유리구슬·딱지 외에 엠원·카빈 탄피, 그리고 나중에는 도두봉을 때리는 기관포 탄피까지 끼어들었다.

읍내 생활은 급속히 전시 체제의 질서 속으로 재편되어갔다. 학교 건물 같은 데 임시 수용되었던 피난민들도 민가로 세 들어가거나 천막촌으로 옮아가 나름대로 정처를 찾았다. 피난민 유입으로 인구가 크게 불어난 읍내는 그야말로 치열한 생존 경쟁의 현장이었다. 피난민 장사치들로 인해 거리마다 가게들이 부쩍 늘어나고, 그 틈새를 비집고 갖은 좌판 장수들이 늘비하게 진을 치고 있었다.

이제 피난민 아이들은 우리의 생활권 속으로 편입되어 동네에서도 교실에서도 얼마든지 만날 수 있게 되었다.

악명 높은 토벌대 때문에 한때 육지 사람이라면 아이들까지 두려웠는데, 이제 그 아이들은 우리의 압도적 다수 속에 편입된 소수에 불과했다. 우리는 그 아이들과 별 탈 없이 잘 어울려 지냈다. 특히 서울내기들은 그들이 사용하는 표준말 때문에 인기가 좋았다. 국어 시간만 되면 담임선생의 부름을 받아 시범 낭독하던 형식이와 우리 동네에 이사 와 살던 송이와 장수 오누이가 내가 사귄 서울 아이들이었다.

나는 송이를 속으로 은근히 좋아했는데, 그 계집애가 하는 서울 말씨를 들으면 어찌나 곰살맞고 간드러지던지, 괜히 마음이 싱숭생숭해지곤 했다. "깅아, 안녕? 잘 잤니?" 아침 등굣길에 듣곤 하던 그 인사말이 참 듣기 좋았다. 그때까지 그보다 더 상냥한 말씨를 들어본 적이 없었던 나는 서울 말씨가 워낙 그런 줄 모르고, 그 애가 나를 좋아하나 보다 하고 오해할 지경이었다.

섬 사투리에는 억양은 물론이고 단어 발음도 표준어와 다른 것이 많았다. 예를 들어 우리는 '여덟 사람'을 '여덥 사람', '흙을 파다'를 '흑을 파다'라고 읽었고, '일학년'은 '일낙년', '삼학년'은 '삼막년'이었다. 이런 식의 혀놀림으로 발음한다면 '결혼 안 한 여자'는 '결론 안 난 여자'로 말이 바뀌지 않겠는가. 그런 식이다 보니, '앓아눕다'도 '알나눕다'일 수밖에. 우리 사투리에 '아프다'는 있어도 '앓다'라는 단어는 없는데, 새로 배운 그 단어를 한번 써먹어본답시고 송이한테 "우리 엄마 앓아누웠어"라고 말했다가 낭패 본 적이 있었다. "머, 네 엄마 알 낳아 누웠다고? 깔깔깔." 그 계집애는 숫제 땅바닥에 주저앉아 금방 숨넘어갈 듯이 깔깔 웃어대는 것이었다.

나는 송이와 형식이 부러웠다. 그 애들이 매끄러운 굴곡의 억양으로 말하는 표준어 속에는 남대문·동대문·중앙청·창경원이 있었고, 서울역의 기차, 냉냉냉 종 치며 달린다는 전차도 있었다. 나는 심지어 한강물도 얼어붙는다는 서울의 강추위도 부러웠다. 얼음이라곤 고드름도 본 적 없어, 아무 뜻도 모르고 "고드름 고드름 수정 고드름" 하고 동요를 불렀던 나로서는 그 아이들이 피난 올 때 꽁꽁 얼어붙은 한강을 걸어서 건넜다는 말에 입이 딱 벌어졌던 것이다.

책 속의 건조한 활자들의 나열에 불과했던 표준어가 그렇게 송이와 형식의 입을 통해 생생한 실체가 드러날 때 나는 얼마나 그 세계를 동경했던지. 내 후각을 강렬하게 자극했던 휘발유와 알코올 냄새의 진원지도 바로 그곳이었다. 모든 것을 포괄하고 모든 것을 지배하는 곳, 심지어 나는 그 세계가 벌이고 있는 전쟁까지도 선망의 대상이었다. 먼 곳에서 치러지고 있는 그 전쟁은 우리에게 신나는 활극으로만 보였다.

우리는 날이면 날마다 전쟁놀이에 정신이 팔렸다. 목총을 깎아 제식 훈련도 익히고 기습 공격 백병전도 흉내 냈다. 그림도 그렸다 하면 늘 전쟁 그림이었다. 쌕쌕이와 야크기의 공중전, 함포 사격하는 군함 탱크도 그렸고, 백병전의 국군과 인민군도 그렸다. 대통령의 얼굴도 그렸는데, 그 무렵 새로 나온 최고 고액권인 백 원 지폐에 최고의 상징으로 그의 초상화가 실려 있었다. 나쁜 놈, 못된 하르방이라고 수군거리던 어른들도 이제는 그 얼굴을 어쩔 수 없는 기정사실로 받아들이고 있는 듯했다. 그 빳빳한 새 지폐가 얼마나 귀하고 부러운 것이었으면 똑

똑하고 잘생긴 아이를 두고 칭찬할 때 "그놈 참, 새로 나온 백원짜리 지폐처럼 잘생겼구나"라고 했을까.

이렇듯 전쟁이 우리의 어린 영혼에 끼친 영향은 매우 큰 것이었다. 전쟁이 모든 것을 결정하고 모든 것을 획일적으로 통합했다. 일찍이 6·25전쟁만큼 섬에 큰 영향을 끼친 경우는 없었다. 중앙의 질서 속에 들어간다는 것은 과거와의 단절을 의미하기도 했다.

우리는 아이들이 원래 그렇듯 변화에 대한 적응이 빨랐다. 피난민 아이들과 어울리는 동안 금세 표준어에 귀 밝아진 우리는 여전히 사투리 투성이의 말로 수업하는 담임선생을 뒷전에서 큭큭거리며 비웃곤 했다.

빨병과 꽈배기

나의 학교생활 가운데 으레 떠오르는 것이 마분지 공책이다. 정말 말똥을 눌러 만든 것처럼 누르튀튀하고, 곰보처럼 보풀이 우툴두툴한 그 마분지 공책이야말로 학교에서의 내 모습이 아니었을까? 육성회비도 제때 못 내는 형편에 학용품을 제대로 갖출 돈이 있을 리 없었다. 교과서는 사촌한테 물려받고 대자를 사면 반으로 쪼개서 한 학년 아래인 누이와 나눠 갖고, 연필도 지우개도 반으로 토막내 나눠 써야 했다. 새끼손가락만큼 남은 토막 연필도 대롱을 끼워 다 닳을 때까지 썼다.

크레용도 모자라 남의 걸 빌려 쓰기 일쑤였다. 그래서 내 도화지는 색칠 못 한 여백이 많았는데, 빈틈없이 크레용을 짙게 칠해 묵직해 보이는 부잣집 아이들의 도화지에 비하면 너무나 가볍고 볼품없는 것이었다. 품질 좋은 일제 연필을 사용하는 아이들도 있었는데, 그 연필에서 짙게 풍기는 향내는 또 얼마나 고상했던가.

그러나 내가 가난했다고 해서 그 때문에 기죽지는 않았다. 가난하지만 공부는 꽤 잘하는 편이었고, 어쩌다 반장 노릇도 했다. 나는 별 스스럼없이 다른 애들로부터 연필도 크레용도 빌릴 수 있었고, 요구하지 않아도 사탕이나 꽈배기를 사주는 아이들도 있었다. 어쨌든 그것은 부모의 가난이지, 내 가난은 아니었다.

가난 때문에 교실에서 수모당한 일이 한 번 있기는 했다. 사촌한테 물려받은 산수책 때문에 그랬다. 그것이 헌 책이라, 새 책과 내용이 다르게 씌어진 곳이 군데군데 덫처럼 쳐져 있어서 자칫 걸려들었다간 골탕 먹게 되어 있었다. 문제 내용이 전혀 다른 것도 있고, 응용문제에서 숫자나 낱말만 슬쩍 바꿔놓은 것도 있었다. 한번은 빨병이란 단어 때문에 수모를 당했다.

"자, 이번엔 문제를 풀 차례야. 그럼, 누가 일어나서 4번 문제를 한번 큰 소리로 읽어볼래? 그래, 반장!"

"4학년 전체 어린이 2백70명이 소풍을 갔는데, 날씨가 더워서 모두 목이 말랐습니다. 빨병을 가지고 간 아이들이 많지 않아서, 빨병 하나의 물을 네 명씩 나눠 먹었습니다. 그러면 빨병을 가지고 간 아이는 모두 몇 명이었을까요?"

아뿔싸, 내가 무슨 실수를 했나? 담임선생이 별안간 쇳자로 교탁을 탁 내리쳤다.

"뭐, 빨병? 빨병이라니, 무슨 뜻이야, 응? 날 놀리는 거니, 뭐니? 대답해봐!"

빨간 루주를 칠한 그 여선생의 입술이 벌레라도 씹은 듯 일그러지고, 아이들은 당장 벌어질 다음 장면에 대한 호기심으로 눈을 번득였다. 책 뒤에 얼굴을 숨기고 키득거리는 녀석들도 있었다. 나는 도대체 영문을 알 수 없어 얼떨떨해 있는데, 느닷없이 옆자리의 짝이 내 책을 집어들고 흔들어대는 게 아닌가!

"선생님, 선생님! 얘 책은 헌 책이에요. 이 책엔 수통이 빨병이라고 씌어 있는데요."

까르르, 일제히 터지는 아이들의 웃음소리. 그렇다고 기가 죽을 나인가. 가난에 이미 면역이 되어 있는데 새삼스럽게 부끄러워서 쩔쩔맬 이유는 없었다. 그래서 나는 뒤통수를 긁으면서, 아이들한테 일부러 우거지상으로 얼굴을 구겨서 한번 씨익 웃어주고는 자리에 앉는데, 담임선생이 또 버럭 소리를 질렀다.

"야, 너 뭘 잘했다고, 실실 웃고 뽐내고 야단이야!"

나는 지금 생각해도 그 여선생이 왜 그렇게 화를 냈는지 잘 이해가 안 된다. 그리고 빨병이라는 좋은 우리말 단어가 왜 교과서에서 축출됐는지도 알 수 없다. 수통보다야 빨병이 백번 낫지 않은가. 빨병이 빨갱이처럼 빨간색도 아닌데 왜 축출당했을까? 어쨌거나 사전에만 남아 있을 뿐, 우리 주위에서 완전히 자취를 감춘 그 단어를 생각하면, 그 단어의 죽음이 자연사가 아닌 타살로 여겨지는 것이다.

그리고 빨병이 꼭 빨간색은 아니므로 그녀의 빨간 루주 입술과도 아무 관계가 없다. 그녀는 너무 신경과민이 된 나머지, 내가 사투리를 써서 자기를 조롱한다고 넘겨짚었는지도 모른다. 그녀의 빨간 루주의 입술은 항상 우리의 관심 대상이었으니까. 그 입술을 흉보는 소리가 뒷전에서 그치지 않았으니 신경과민이 될 만도 했다. 치마저고리 차림의 단발머리 처녀 선생이나, 결혼해도 가르마 탄, 쪽 찐 머리의 여선생들만 보아온 아이들인데, 허리 잘록한 원피스 차림에 머리 볶고 입술을 붉게 칠한 그녀의 모습이 마음에 들 리 없었다. 게다가 심성까지 궂어 걸핏하면 신경질이었다. 그래서 우리는, 쥐 잡아먹은 고양이 주둥이라고 흉보면서 낄낄거리곤 했던 것이다.

우리는 그 여선생이 육지 출신이고, 권력자인 검사장(檢事長)의 호화로운 사택에 산다는 것만 알았지, 구체적으로 고향이 어디이고, 검사장의 누이동생인지 딸인지도 알지 못했다. 그러나 아무리 마음에 안 들어도 명색이 담임인 바에야 참고 지낼 수밖에. 그래서 한번은 간부 아이들 서너 명이 그 선생의 비위를 맞춰본답시고, 검사장 사택으로 찾아갔다. 코 묻은 돈을 모아 꽈배기 한 봉지를 사들고서 말이다. 물론 나는 돈을 내지 않았다. 가난한 나는 그러한 돈 추렴에는 언제나 면제 대상이었다.

꽈배기, 그 얼마나 매혹적인 이름이었나! 그 시절, 아이들의 미각을 유혹한 것들 중에는 풀빵, 호떡, 알사탕, 흑설탕을 녹여 만든 뽑기 과자 등 여러 종류가 있었지만, 꽈배기만큼 환장하게 좋아한 과자는 없었다. 내가 꽈배기를 얼마나 먹고 싶었던지, 평소에 잊고 지내던 가난이 입맛 쓰게 실감나는 것도 꽈배기 좌판 앞을 지나갈 때였다.

꽈배기 좌판 앞은 언제나 아이들이 꼬였다. 사먹는 아이보다 나처럼 맨입 가지고 구경만 하는 아이들이 더 많았다. 꼭 먹어야만 맛이 아니어서, 꽈배기 만드는 과정은 좋은 눈요깃감이기도 했다.

커다란 양푼에 담긴 흰 밀가루 반죽을 손으로 주무를 때, 그 희고 부드럽고 푸짐한 느낌도 좋았지만, 무엇보다도 그 무정형의 푸짐한 살덩이 가운데에서 놀라운 속도로 꽈배기들이 줄지어 태어나는 일련의 과정이 재미있었다. 손으로 뜯어낸 조그만 반죽덩이는 엿가락 모양으로 늘씬하게 늘어났다간, 금방 두 겹으로 겹쳐 부끄러운 듯 팽그르르 돌면서 몸을 꼰 귀여운 자태로 변했고, 그것들이 솥 안의 끓는 기름 속에 들어가 잠깐 동안 자글자글 즐겁게 수다 떨며 멱 감고 나오면, 살이 통통하게 부풀고 살색이 노릇노릇 고와졌는데, 마지막으로 그 구수한 몸에 달콤한 흰 설탕 옷이 입혀졌던 것이다.

우리가 담임선생한테 가져간 것은 바로 그러한 꽈배기였다. 그것을 선생님과 함께 먹으면서 즐겁게 얘기하다가 오고 싶었다. 기름에 갓 튀겨내 먹음직스럽게 따끈따끈한 꽈배기 한 봉지, 혹시 신문지 봉투가 터질세라 땀내 나는 모자 안에 다시 넣고 소중하게 들고 가지 않았던가.

그러나 우리의 절대적 사랑과 신임을 받는 그 꽈배기도 호화로운 검사장의 사택에서는 너무도 초라하고 무력했다. 담임선생은 우리가 내놓은 꽈배기 봉지를 거들떠보지도 않고 너희들이나 먹으라고 간단히 물리쳐버렸던 것이다. 그러한 상황에서 무슨 얘기가 오고 갈 수 있겠는가. 현관 마루에 잠시 엉덩이만 붙였다가 도로 나올 수밖에. 꽈배기 봉지를 도로 들고 나온 우리는 몹시 기분이 상했지만, 그래도 꽈배기 맛은 여전히 좋았다. 꽈배기를 다 먹고 나서, 봉지 속에 떨어진 설탕도 마저 털어 먹고, 봉지에 번진 기름도 혀로 핥고 난 다음, 우리가 내린 결론은 '쥐는 먹어도 꽈배기는 먹을 줄 모르는 여자'였다. 벌겋게 칠한 그녀의 입술이 '쥐 잡아먹은 주둥이'로 통했으니까.

그 여선생이 우리 학교에 몸담고 있던 기간은 길어야 석 달 정도였을 텐데, 나는 그녀를 통해서, 이 세상에는 나나 내 동무들과는 전혀 다른 인간형이 존재한다는 것을 배웠다. 아마도 그때 그녀의 표정에 나타난 것은 가난을 부끄러워하지 않는 자에 대한 본능적인 적의였을 것이다. 그랬다. 나 또한 그녀와는 별개의 인간이었다. 가난을 부끄러워하기는커녕 오히려 그것을 무슨 장식인 양, 특권인 양 뽐내는 인간으로 나는 성장하고 있었다.

한내에 냇물이 실리면

한내는 한라산에 큰비가 와야 냇물이 흘렀다. 우리 집이 바로 냇가에 있었기 때문에 내가 터지면 그 소리를 들어서 알 수 있었다. 장맛비가 여러 날 계속되면 냇물이 언제 터지나 하고 초조하게 기다려졌다. 개천 쪽으로 난 들창 쪽에다 줄창 귀를 열어놓은 채, 그 시간이 오기를 기다렸다.

들창 너머에 너울거리는 비의 장막, 그 속에 그림자처럼 뿌옇게 서 있던 향교의 노송 숲이 있었다. 처마 밑 낙숫물이 넘쳐 흐르는 항아리, 물이 흥건한 마당 바닥은 빗줄기들이 연상 내리꽂혀 물거품이 팥죽 끓듯 버글거리고, 성냥은 누져서 켜지지 않고, 그리고 두 정강이에 번지는 습진. 내 종족의 체질적 특징인 그 습진은 곰팡이 균이 극성을 부리는 장마철에 더 심했는데, 정강이에 엉겨 붙은 그 눅눅한 곰팡이가 오죽 지겨웠으면 한여름에도 아궁이불을 찾았을까. 비 오는 날의 아궁이불. 검불 타는 연기와 냄새로 묵직해진 공기는 따뜻하게 내 몸을 감싸고, 그리고 마당의 빗속으로 나직이 퍼져나가던 그 푸른 연기…… 그래, 비 오는 날 어머니는 자식들의 굴품한 입을 위해 콩이나 보리를 볶아주곤 했다. 나는 누이와 함께 아궁이 앞에 쪼그리고 앉아 검불로 불을 때고, 어머니는 탁탁 튀는 솥 안의 콩들이 골고루 잘 볶아지게 연상 나무 주걱으로 휘젓고……. 그런 날이면 하늘에 걸어놓은 커다란 무쇠솥에서도 천둥 벼락들이 야물게 구워져, 탁탁 우르르 탁탁 터지곤 했다. 그리고 그런 일과 연결되어 생각나는 옛이야기 하나. 신화 시대에도 아이들은 비 오는 날이면 콩 볶아 먹기를 좋아했나 보다.

옛날 옛적, 생인과 귀신의 구별이 없고 이승과 저승이 서로 자유롭게 왕래하던 그 아득한 옛날, 어느 대갓집에 금실 좋은 젊은 부부가 살았는데, 어느 날 남편이 옥황상제의 부름을 받고 하늘나라 서천(西天) 꽃밭에 벼슬을 살러 가게 되었다. 해 질 녘 서편 하늘에 붉게 번진 저녁놀 있는 곳이 바로 서천 꽃밭이라고 했다. 한번 가면 다시는 못 돌아올 길이었기 때문에, 아내는 아기 밴 만삭의 몸을 무릅쓰고 남편을 따라나섰다. 길은 외줄기, 인적 없는 들판 가운데로 끝없이 이어졌다. 낮에는 종일 걷고, 밤에는 억새 포기에 의지하여 잠을 자야 하는 고달픈 여행이었다. 그렇게 여러 날 걸려서 여정의 반을 갔는데, 만삭의 배를 안고 뒤뚱뒤뚱 걷던 아내가 마침내 발병이 생겨 길바닥에 주저앉고 말았다. 발가락과 발바닥에 꽈리 같은 물집들이 부풀어올라 더 이상 걸을 수가 없었다. 무인지경이던 들판에 때마침 마을 하나가 나타나자 아내가 말했다.

"낭군님아 낭군님아, 나는 이제 더 걸을 수가 없으니, 저 마을의 제일 부잣집에 나를 종으로나 팔아두고 떠나십서."

"부인님아, 이 노릇을 어찌하면 좋을꼬"

"배 속의 아기 이름이나 지어두고 가십서."

"낳은 자식, 아들이면 한라꿍, 딸이면 한락댁이라고 하소."

그렇게 해서 그 여자는 부잣집의 종이 되었는데, 첫날부터 주인이 몸을 허락하라고 요구해왔다.

"이 마을 풍습은 어떤지 모르나, 우리네 풍습은 배 속의 아기를 낳은 후에야 몸을 허락하는 법입네다."

태어난 아기는 남아였다. 종으로 태어난 한라꿍. 아기를 낳자, 주인이 다시 몸을 요구해왔다.

"이 마을 풍습은 어떤지 모르나 우리네 풍습은 낳은 아기가 열다섯 십오 세가 된 후에야 몸을 허락하는 법입네다."

고달픈 종살이 세월은 흘러 한라꿍이 열다섯 살이 되는 해가

왔다. 하루는 가랑비가 촉신촉신 내리는데, 한라꿍이 하는 말,
"어머님아 어머님아, 콩이나 한 되 볶아줍서."

어머니가 콩 한 되 솥에 넣고 볶는데, 한라꿍이 주걱을 슬쩍 숨겨놓고 하는 말, "어머님아 어머님아, 콩이 다 타는데, 어서 젓읍서. 주걱 못 찾거들랑 손으로라도 젓읍서."

어머니가 뜨거운 솥 안의 콩을 맨손으로 젓는데, 그 손을 덥석 누르면서 한라꿍이 하는 말, "어머님아 어머님아, 이제도 바른말 못 하쿠가? 우리 아방 간 데를 말해줍서."

"느네 아방은 하늘나라 서천 꽃밭 벼슬 살러 갔단다."

어머니와 이별하고 아버지를 찾아 나선 한라꿍은 사납게 추격해오는 주인집 사냥개를 따돌리려고, 메밀범벅 한 덩이 던져 그걸 먹는 사이 천 리 뛰고, 또 한 덩이 던져놓고 만 리 뛰고, 산 넘고 물 건너 가시밭길 가고…… 그렇게 천신만고 끝에 한라꿍이 서천 꽃밭에 당도하여 마침내 아버지를 만난다. 상봉의 기쁨을 나누는 그 자리에서 아버지로부터 전해 들은 어머니의 죽음, 악독한 주인의 작두칼에 몸이 세 동강 나서 죽었다고 했다.

"한라꿍아, 네가 나를 찾아 이리로 올 때, 물이 무릎에 차는 냇물이 있지 않더냐? 그것이 바로 작두칼에 무릎 잘릴 때, 네 어머니가 흘린 눈물이다. 두 번째 내를 건널 때 그 물이 허리에

차지 않더냐? 그것은 작두칼에 허리 잘릴 때, 네 어머니가 흘린 눈물이다. 세 번째 내를 건널 때 그 물이 목에 차지 않더냐? 그것은 작두칼에 목이 잘릴 때, 네 어머니가 흘린 눈물이다. 어서 이승에 내려가서 원수를 갚고 죽은 어머니를 살려오라."

아버지가 서천 꽃밭에서 꺾어준 멸망꽃과 환생꽃을 양손에 들고 지상에 내려온 한라꿍이, 악독한 주인에게는 멸망꽃, 죽은 어머니에게는 환생꽃을 놓으니 주인은 그 당장에 벼락 맞아 즉사하고, 죽었던 어머니는 자던 사람 잠 깨듯이 청청하게 되살아났다. 하품하고 머리를 긁으면서, "아이고, 봄잠이라 너무 오래 자졌네."

유년 시절, 외할머니나 어머니로부터 들은 옛이야기들은 이처럼 육지와 다른, 그 고장 특유의 것들이었다. 유년이란 어머니의 지배가 절대적인, 초등학교 저학년까지의 시기를 말함인데, 아마도 나는 그 후 표준어를 통해 육지와 외국의 동화·전설을 받아들임으로써 토착의 것들을 잊어버리게 된 것 같다. 그 시절에 들은 옛이야기들은 대개 어둠에 버무려진 듯 기억이 흐릿하여 제대로 생각나는 것이 드물다. 그래도 한라꿍 이야기만은 제법 소상하게 기억에 남는데, 아마도 그것은 '아버지'라는 주제 때문이었을 것이다. 아버지의 오랜 부재를 어찌할 수 없는 조건처럼 받아들이고 있던 나에게 머나먼 땅의 아버지를 찾아 나선 한라꿍의 모험은 꽤나 감동적인 이야기였을 것이다. 그래서 비 오는 날 콩 볶아 먹을 때면 으레 한라꿍 이야기가 생각나서, 나무 주걱으로 휘저으며 콩을 볶는 어머니 손을 뜨거운 솥바닥에다 눌러보고 싶은 충동이 문득문득 일어나곤 했다.

비 오는 날의 따뜻한 아궁이, 고소한 콩 볶는 냄새. 어머니로부터 옛이야기를 들을 수 있는 것도 비 오는 날이었다. 일 나가지 않은 어머니와 하루 종일 집 안에서 같이 지낼 수 있는 것이 얼마나 기뻤던가. 비 오는 날의 평화와 안식, 그러한 날에 어머니는 헌 옷을 깁거나 맷돌로 보리쌀을 갈았다. 구릉구릉 맷돌 돌아가는 소리, 그렇지, 그 소리는 한라산의 비구름 속을 굴러다니는 먼 천둥 소리와 흡사했다. 한내에 냇물이 터지려면 한라산에 비가 많이 와야 했다. 비가 억수로 쏟아지는 밤, 하늘의 가마솥에 구워지는 천둥 벼락 튀는 소리가 점점 커질 때, 한라산을 떠난 번갯불은 나무뿌리 같은 촉수를 뻗으며 초원지대를 질러 성큼성큼 걸어오고…… 바로 그런 밤에 한라산에서 터진 냇물이 빈 하상을 덮으며 해변으로 흘러내리곤 했다.

한내에 냇물이 흐르는 것은 1년에 두세 번뿐이고, 흐르는 시간도 매우 짧아 열흘을 넘기지 못했다. 그렇게 냇물 구경이 어렵기 때문에, 내 터지는 것은 아이들에게 하나의 중요한 사건이었다. 뜨거운 여름, 뼈빛 바위의 하상을 그대로 드러낸 채 갈증으로 허덕이는 마른내 거기에 냇물이 가득 실려 물이 덩실덩실 흘러가는 모습은 정말 경이로운 장관이었다. 들창을 향해 줄창 열어놓은 내 귀에 어느 순간 문득 들려오는 소리, 구릉구릉, 하상의 돌들이 급류에 쏠리는 그 소리도 역시 어머니가 돌리는 맷돌 소리와 흡사하지 않았던가. 구릉구릉 냇물 흐르는 소리는 그렇게 먼 천둥소리, 맷돌 소리와 함께 한 짝을 이루어, 비 오는 날의 삼박자로 내 기억에 남아 있다.

텅 비었던 한내에 기적처럼 큰물이 터지면, 아이들은 환호성을 내지르며 냇가로 달려가곤 했다. 특히 냇물이 밀려오는 최초의 장면이 볼만했다. 그런데 그걸 구경하려면 운이 좋아야 했다. 내 터지는 시간이 어두운 밤이거나, 학교에 가 있는 경우가 대부분이어서 천변에 살았던 나도 두 번밖에 보지 못했다.

한라산에서 시작된 냇물이 해변까지 도달하려면 여러 시간이 걸렸는데, 그만큼 최초의 물은 하상의 낮은 곳들을 채우느라 진행이 느렸다. 그러나 물 흐름이 느리다고 함부로 그 앞을 가로질러 건너는 것은 금물이었다. 물의 선두에 눈에 보이지 않지만 물길을 인도하는 백발노인이 있다고 했다. 밀려오는 최초의 물은 싯누런 흙탕물이었는데, 느리게 꿈틀거리며 뼈빛 바위의 하상에 배를 깔고 기어오는 모양은 마치 거대한 길짐승의

출현처럼 기이하게 느껴졌다. 그 흙탕물에서 짙게 풍겨오는 음습하고 비릿한 냄새. 백발노인이 선두에서 지팡이로 쳐서 갈라놓은 여러 갈래의 물줄기들이 이리저리 낮은 데를 향해 쭈르르 쭈르르 내달리는 모양도 뱀 떼의 움직임처럼 보였다. 그렇게 선두의 물이 여기저기 낮은 데를 메우며 길을 닦아놓으면, 후방의 물이 그 위를 왈카왈칵 덮쳐 흐르고, 수량은 더욱 빠르게 불어나 부글부글 끓고 솟구치고 소용돌이치는 흙탕물 속에 하상의 바위들이 점점 가라앉고 마침내 배고픈다리마저 가라앉고 나면, 더 이상 거칠 것 없어진 냇물은 구룽구룽 바닥 돌들이 구르는 소리와 함께 급경사로 내달려 용연 골짜기를 향해 곤두박질치는 것이었다.

용연

 한내의 하구인 용연은 선반물 서쪽 얼마 안 떨어진 곳에 위치해 있었다. 한내도 큰비 온 뒤에나 잠시 흐르다가 말라버리는 건천이었는데, 병문내의 선반물처럼 하구에 담수와 해수가 만나는 크고 깊은 못이 있어, 그것을 용연이라고 했다.

 용연은 근처의 용두암과 더불어 예로부터 절경의 하나로 손꼽히는 곳이었다. 병풍처럼 이어진 기암절벽들이 물 위에 수려한 그림자를 드리우고, 그림자가 없는 물 가운데는 바닥을 알 수 없는 심연의 새파란 빛이었다. 그 암벽들의 견고한 화강암질은 용연 위의 마른 냇바닥에 그대로 노출된 허연 뼈빛의 암반·암석들과 연결되고, 아래로는 바닷가까지 뻗어나간 검은 현무암의 암벽들과 만나고 있었다.

 성장함에 따라 놀이 무대를 병문내의 웅덩이물에서 하구의 선반물로, 그리고 마침내 병문내를 떠나 한내 하구로 옮긴 우리는 용연이 마련해놓은 성장의 여러 단계들을 하나하나 밟아가기 시작했다.

용연과 바다가 만나는 곳은 병 모가지처럼 길죽하게 오므라들어 있었는데, 수심이 낮아 비교적 더 어린 축에 속하는 아이들이 주로 그 물에서 놀았다. 얕은 물이라도 가운데는 아이 키의 두 곱절 되는 깊이였다. 우리는 처음 그 물에서 이미 익힌 개구리헤엄을 더 빨리 나가게 세련시키고, 크롤·송장헤엄, 그리고 잠수질도 배웠다.

6학년 때 이사 간 정드르 마을은 용연 건너편 아주 가까운 곳에 위치해 있었기 때문에 이사 간 후로는 더 자주 그 물에 놀러 다녔다. 더운 여름날 학교가 파하면, 목욕도 할 겸 해서 아예 용연물을 건너서 귀가하곤 했다. 머리에 얹은 가방과 옷을 허리띠로 단단히 묶고 용연물을 헤엄쳐 건너던 아이들의 모습이 눈에 선하다.

그 시절 나는 어찌나 물놀이에 미쳤던지 여름철 해 박힌 날이면 종일 바닷가에서 살다시피 했다. 점심 먹으러 집에 들렀다간 자칫 어머니한테 붙잡혀 심부름하게 될까 봐 아예 굶어버릴 때도 있었다. 그러한 자식을 둔 어미의 마음이 편할 리 있겠는가. 꼭 무슨 심부름을 시키고 싶어서가 아니라, 물에서 놀다가 무슨 변을 당할지 몰라 어머니는 그게 더 걱정이었다.

 어머니는 내 친구 장수가 물에 빠져 죽은 후 한동안 용연물에 못 가게 감시하여, 모래가 있나 없나 내 신발과 귓속을 들여다보고, 머리칼에 바닷물 소금기가 남았는지 혀로 핥아보기도 했지만, 물에 미쳐버린 나에겐 아무런 효험도 없었다. 결국 체념할 수밖에. 자맥질을 배운 뒤로, 나는 어머니의 환심을 사려고 깊은 물속의 파래를 뜯어다 바치곤 했다. 지하수와 해수가 섞인 그 물의 밑바닥에 자라는 파래는 수염발처럼 가늘고 부드러운 양질의 것이어서 여름철의 좋은 반찬거리였다. 햇볕에 탄 알몸, 뱀 허물 벗듯 살갗이 한차례 벗겨지면, 흰 눈자위만 빼놓고 온몸이 새까맣던 그 여름아이······.

 우리는 물속을 잠수질로 횡단하기도 하고, 갯돌 하나씩 가슴에 안고 물 밑을 걸어서 건너기도 했다. 때로는 갯돌을 안고 물 밑바닥에 숨을 참고서 앉아, 수면 위에 아이들이 헤엄치는 모양을 올려다보면서 괴괴한 물속의 정적을 음미해보기도 했다. 물속에서 보면 연체동물처럼 흐느적거리는 아이들의 팔다리의 소리 없는 동작이 왠지 애처롭게 보였다. 그들의 즐거운 목소리도, 텀벙대는 물장구 소리도 들리지 않고, 들리는 것은 오직 나 자신의 소리, 귓속에서 재깍거리는 이명 소리뿐이었다. 재깍재깍, 숨 참고 있는 시간을 측정하는 시계 소리, 나의 존재가 분명히 느껴지는 시간이었다. 죽음의 촉수도 느껴지는 듯했다. 외로움과 두려움. 죽음에 에워싸여 생명은 응축된다. 어머니의 얼굴이 얼핏 스쳐 지나간다. 나는 숨을 참고 있는 걸까, 아주 숨이 멎어버린 걸까? 물 밑바닥에 영롱한 빛으로 어룽거리는 물그림자들. 그러다 나는 더 참을 수 없는 한계에서 바닥을 차고 수면 위로 떠오르는 것이다. 참았던 숨을 터뜨림과 동시에 떠들썩하게 되살아나는 아이들의 쾌활한 목소리……. 그리고 그 깜찍하게 생긴 서울 계집애 송이, 그 애가 좋아라고 깔깔대면서 깊은 물속에 던진 흰 조개껍질을 충실한 강아지처럼 자맥질해서 물어내오곤 하던 일도 생각난다.

씨앗망태

 그런데 문제는 다이빙이었다. 다른 종목에서는 결코 남한테 뒤지는 편이 아닌데, 정말 다이빙만은 젬병이었다.

 동편 물가 아래쪽에 줄느런히 솟은 현무암 암벽들이 말하자면 우리의 다이빙대였다. 암벽 높이에 따라 1단에서 6단까지 그 장소가 지정되어 있었다. 중학생 몫인 7단과 8단은 별도로 뚝 떨어져서, 깊이 모를 새파란 물 근처에 솟은 절벽이었는데, 겨우 키 높이밖에 안 되는 1단에서 보면 참으로 까마득한 격차였다.

 이렇게 용연의 무대 위에 성장의 계급이 엄연히 존재하고 있는 이상, 두렵다고 회피할 수는 없는 노릇이었다. 삶이란 두려움의 대상을 하나하나 극복해나가는 것이라는 것을 아이들은 은연중에 깨닫고 있었다. 자신을 극복하는 일, 지금의 자기를 극복하여 더 커지려는 욕망, 자신보다 더 큰 아이를 따라잡으려는 안간힘(중학생한테 얻어맞고 분을 못 참아, "새끼, 두고 봐, 내가 열다섯 살만 되면 너 따윈 국물도 없어! 묵사발 맹글어놓 테니깐!" 하고 씩씩거리던 아이가 우리 중에 누구였을까? 돌패기? 웬깅이? 닭똥고망?) 그래서 우리는 서너 살 적부터 자기보다 더 높은 데서 뛰어내리는 연습을 자주 하지 않았던가. 누가 시키지 않아도, 보는 사람이 없어도, 무릎이 깨져 피가 나더라도, "새 다리는 꺾어지고 내 다리는 꺾어지지 말라!" 하고 주문을 외우며 높은 데서 뛰어내리곤 했던 것이다.

그런데 그 과정에서 나는 한번 호되게 실패를 경험하고 말았다. 여섯 살 때, 매미 잡으러 나무에 올랐다가 떨어져 머리를 크게 다친 그 사고 말이다. 거꾸로 곤두박질쳐 땅바닥의 돌팍에 머리를 박았으니 그것은 단순한 실패가 아니라 심각한 전락의 경험이었다. 그 사고로 인해 생긴 고소공포증은 그 후 오랫동안 나를 괴롭혔다.

거꾸로 박히는 다이빙을 배우려면, 우선 꼿꼿이 선 자세로 물에 떨어지는 연습부터 해야 했다. 발가벗은 채 왼손으로 불알을 쥐고 물로 뛰어내리던 그 우스꽝스러운 나 자신의 모습이 눈에 보이는 듯하다. 불알을 드러내는 것이 부끄러워서 손으로 가린 게 아니라, 그 귀중한 씨앗망태가 물에 부딪쳐 다칠까 봐 그랬다. 고소공포증의 겁보였던 나는 잔뜩 긴장한 채 엉겁결에 뛰어내리는 식인지라, 다른 아이들처럼 두 다리를 딱 붙여 곧게 펴지 못해 엉성하게 다리가 벌어진 자세였는데, 텀벙하고 수면과 부딪치는 순간, 불알이 발로 걷어차인 듯 호되게 아팠다. 그래서 그걸 보호한다고 한 손으로 감싸고 뛰어내리곤 했던 것이다.

그렇게 물로 뛰어내리는 연습을 해서 어느 정도 담력을 키운 다음에도 거꾸로 박히는 다이빙만은 내 머리의 정수리에 난 상처가 의식되어 영 질색이었다. 평소에 맨땅에 머리 박치기할까 봐 키 높이의 낮은 철봉대에도 거꾸로 매달리기를 꺼리는 나였다. 닭똥고망 녀석은 철봉 하다가 거꾸로 떨어져 앞이빨 하나가 부러졌는데도 고소공포증은커녕 제일 먼저 6단을 정복하지 않았는가. 잔뜩 벼르고 다이빙대에 올라섰다가 그만 오금이 저려 도로 내려올 때의 그 참담함이라니! 얼마나 주저주저하며 속을 태웠으면 그 불안과 두려움이 꿈속에까지 나타났을까. 멋지게 폼 잡고 다이빙을 했는데, 밑을 보니 웬걸, 물이 아니고 돌투성이 땅바닥이거나, 그 땅바닥에 뱀들이 우글거리고 있거나 했다. 그래서 다이빙을 처음 배울 때는 머리를 아래로 박는 것이 두려운 나머지 배때기로 떨어져 물 위에 엎어지는 꼴이 되기 일쑤였다. 말하자면 동체 착수(着水)인 셈인데, 배때기가 물 표면을 때릴 때의 그 아픔이라니, 가슴과 배가 온통 시뻘게져 있곤 했다.

 어쨌든, 그렇게 어렵사리 고소공포증이라는 정신적 불구를 고쳐나갔던 것인데, 늘 꽁지에 뒤처져 있던 내가 6학년 때에는 또래의 다른 애들과 똑같이 6단으로 진급할 수 있었다. 우리가 제법 부끄러움을 알아 수영할 때 빤쓰를 입기 시작한 것도 아마 6학년 때부터였다. 6단 다이빙대에서 휙 몸을 날려 물속으로 곤두박질치면 풍덩 소리와 함께 고무줄 빤쓰가 홀러덩 벗겨져 발끝에 걸리곤 했는데, 그때의 상쾌한 즐거움이라니. 마치 용연물이 우리의 불알을 보려고 장난삼아 우리의 빤쓰를 벗기는 것만 같았다. 어떤 때는 빤쓰가 아주 벗겨져 나가, 물속에서 황급히 주워 입고는 수면 위로 떠오르기도 했다.

비 마중

　지겨운 불볕더위 가뭄 끝에 드디어 비가 온다. 날마다 이글이글 불볕을 쏟아부으며 머리 위에 군림하던 붉은 햇덩이가 서편 하늘의 반공에서 문득 흐릿한 적자색으로 변하고, 얼마 후 그 아래 하늘가에서 흰 테두리를 단 검은 구름 떼가 뭉게뭉게 피어오른다. 폭풍우를 몰고 온다는 적란운이다. 정말 비가 오려나? 가뭄에 지쳐 있던 어른들의 얼굴에 생기가 돈다.

　검은 구름 떼는 반공의 해를 삼키고 서편 하늘 가득히 퍼지면서 엄청난 기세로 몰려온다. 비가 정말 오긴 올 모양인가? 사람들이 가슴을 졸이며 기다리는데, 돌연 야릇한 정적이 온다. 훅훅, 열기를 끼치던 묵은 바람이 제풀에 잦아들고, 폭풍

　🌿 **적란운(積亂雲)** | 위는 산 모양으로 솟고 아래는 비를 머금는다. 물방울과 빙정(氷晶)을 포함하고 있어 우박, 소나기, 천둥 따위를 동반하는 경우가 많다. 소나기구름, 소낙비구름, 쌘비구름.

전의 고요, 사위는 얼마 동안 무풍의 정적이 감돈다. 사람들이 숨죽이고 기다린다. 목마른 산천초목, 대지 위의 모든 것들이 정적 속에 숨죽이고 기다린다. 구름보다 바람이 더 빠르다. 검은 구름 떼는 아직 하늘의 절반도 못 왔는데 한라산 정상에 삿갓처럼 얹혀진 흰 구름이 강풍에 뜯겨 달아난다.

드디어 바람이 당도한다. 처음부터 제법 풍세가 강하다. 풍경이 흔들리면서 무풍의 정적이 일시에 깨어진다. 건조한 흙먼지가 뿌옇게 일어나고 협죽도 붉은 꽃 무더기가 바람에 흔들려 독한 꽃 냄새를 퍼뜨리고, 감나무에 앉았던 참새 떼가 바람에 풋감 떨어지듯 우르르 땅으로 내려앉는다. 나뭇잎 풀잎들이 서걱거리는 소리가 사방에 가득하다. 이제 바람 속에 축축한 습기가 느껴진다. 어른들이 바쁘게 집 안팎을 오고 가며 바람에 날아가지 않게, 얽어맨 짚줄이 삭아 약해진 지붕 위에 멍석을 올리고, 마당의 보릿짚가리를 더 단단히 동인다. 더위에 풀떼기죽처럼 처졌던 아이들도 기가 펄펄 살아 이리 호록 저리 호록 나댄다.

닭똥고망, 돌패기, 똥깅이, 그 세 아이가 대장간 앞에서 웬깅이를 불러댄다.

웬깅아 웬깅아

멍석 말라, 비 왐져
장독 덮으라, 비 왐져

웬깅이가 당장 집 밖으로 튀어나와 바람 속의 우리와 어울린다.

자전거 타고 가던 사람이 바람에 쓸려 넘어진다. 오줌발이 바람에 날려 제 발등을 적셔도 우리는 좋아라고 깔깔댄다. 검불들이 휙휙 날아오른다. 얼굴에 부딪는 바람 소리, 축축한 습기가 상쾌하다. 검불 오라기가 얼굴에 달라붙고 티끌이 눈에 들어 눈물이 나도 마냥 즐겁다. 바람에 웃옷이 붕긋이 부풀어 오른다. 맞바람 받으면 곱사등이, 돌아서면 배불뚝이, 바람에 흔들리며 우리는 뒤뚱뒤뚱 병신춤 춘다. 행인들도 병신춤 추며 지나간다. 야, 저 여자 봐라! 치마폭이 빵빵하게 부풀어올라 멀쩡한 처녀가 애 밴 꼴이 되어 지나가는데, 뒷모습이 더 가관이다. 바람에 치마폭이 찰싹 달라붙어 가랑이, 엉덩이 윤곽이 그대로 드러났다. 낄낄낄.

저레 가는 큰아기
방귀나 통통 뀌지 말라
똥뀐 년의 궁뎅이

은칠하라 분칠하라

부지깽이 불붙여

똥고망에 불질러라

 바람에 거슬린 암탉 한 마리 꽁지가 부채처럼 활짝 벌어져 빨간 미주알을 내보인다.

 "야, 저 닭똥고망 봐! 꼭 느 주둥이 닮았네. 깔깔깔."

 화가 난 닭똥고망 녀석이 자기 망신시킨다고 닭을 멀리 쫓아버린다.

 비를 마중하러 우리는 동산에 오른다. 바람이 한결 드세다. 컴컴한 서쪽 하늘 한 귀퉁이에 찢긴 구름 틈새로 햇빛이 폭포수처럼 쏟아진다. 향교의 노송 숲에서 바람 부서지는 소리가 마치 파도 소리처럼 쏴아쏴아 장쾌하게 들려온다. 그 숲 위에서 까마귀 댓 마리 바람을 타며 까불댄다.

 비를 기다리는 동안 우리도 잠시 바람타기놀이를 한다. 파도를 탈 때처럼 맞바람에 가볍게 몸을 싣는다. 저마다 등허리에 웃옷이 팽팽하게 부풀어올라 우리의 몸은 새처럼 가벼워진다. 어쩌면 공중으로 떠오를 수도 있을 것 같다. 바람이 지탱해줄 수 있을 만큼 한껏 상체를 앞으로 기울인 채 개구리헤엄치듯 두 팔을 내젓는다. 이제 우리는 물고기가 된다. 등짝에 팽팽하게 부푼 바람주머니는 우리의 등지느러미. 바람에는 강약의 리듬이 불규칙하기 때문에 거기에 호흡을 잘 맞춰야 한다. 강한 맞바람은 얼굴에 보자기를 씌운 듯 호흡을 곤란하게 만든다. 숨을 멈추고 꾹 참는다. 그걸 참지 못하고 입을 열었다간 바람이 왈칵 목구멍으로 몰려들어 파도타기 하다가 물 먹을 때처럼 정신이 아뜩해질 것이다. 얼굴에 부딪치고, 귓가로 급류를 이루어 흘러가는 바람 소리, 옷자락이 펄펄 날리고 생각도 펄펄 날리고 머릿속은 상쾌한 진공이다. 나무도 풀잎도 환호작약 춤을 춘다.

드디어 빗방울이 떨어진다. 기적 같은 빗방울, 달콤하고 따뜻한 최초의 빗방울들, 마른 땅 흙먼지에 풀썩풀썩 떨어져 곰보 자국을 파기 시작한다. 와, 비 온다! 우리는 길길이 뛰며 환호성을 올린다. 구름이 머리 위에 채 오기도 전인데, 강풍에 쓸린 흰 빗줄기들이 길게 빗금을 치며 몰려오고 있다. 이제 우리는 등 돌리고 동네로 달아난다. 아니, 달아나는 것이 아니라, 누가 동네에 먼저 도착하나, 비와 내기를 하는 것이다. 바람이 우리를 응원해서 등을 힘껏 밀어준다. 바람에 등 밀리며 신나게 달린다.

멍석 말라, 비 왐져!
장독 덮으라, 비 왐져!

뱀

 그 아이의 죽음은 퍽 극적인 데가 있었다. 나보다 위, 그러니까 웬킹이 또래의 윗동네 아이였는데, 한내 다리 근처 둠벙에서 개구리를 잡다가 뱀에 물려 죽었다. 그런데 더 놀라운 것은, 그 아이만 죽은 게 아니라 그 옆에 뱀도 함께 죽었다는 것이다. 그 아이가 제 발목을 물고 휘감은 뱀을 손으로 뜯어내어 돌에다 패대기쳐 죽인 것이 틀림없다고 했다. 그러나 그게 과연 가능한 일일까? 그 장면을 상상만 해도 나는 소름이 끼쳤다. 풀섶에 숨어 있는 지뢰, 무심코 내딛는 발바닥에 밟히는 뭉클한 감촉, 그와 동시에 지뢰가 터지면서, 발목을 덥석 물고 종아리에 휘감기는 뱀의 몸뚱어리, 독사의 삼각형 대가리를 확인하는 그 끔찍한 순간, 이제 나 죽는구나 하는 생각이 뱀의 독보다 먼저 칼침처럼 예리하게 심장에 박혀, 나는 희뜩 정신 잃고 그대로 죽어버릴 것이다.

그런데 그 아이는 죽는 순간에 맹렬한 적개심으로, 자기를 해친 원수를 먼저 죽이고 장렬하게 숨을 거뒀단다. 그 사건을 그런 식으로 풀이한 것은 아무래도 웬킹이임에 틀림없다. 우리들 중에서 뱀을 무서워하지 않은 유일한 아이이니까 능히 그런 말을 할 만도 하지 않은가.

전시 중의 아이들이어서 우리는 전투놀이를 좋아했다. 들판에 나가 보리수 열매나 삼동 열매를 따는 일도 전투식으로 했다. 그 나무들은 험상궂게 가시도 많고 쐐기도 많기 때문에 우리의 적으로는 안성맞춤이었다. 나무 밑에 윗도리 벗어 펼쳐놓은 다음, 기합 소리를 지르며 나무칼로 잔가지들을 후려쳐 다닥다닥 붙은 열매들을 털어냈는데, 한바탕 그러고 나면 깔아놓은 옷 위에 자잘한 열매들이 징그런 쐐기벌레들과 함께 수북이 쌓이곤 했다.

우리는 또 우거진 풀숲을 가상의 적으로 삼아 전투를 벌이기도 했다. 나무칼에 푸른 피가 잔뜩 묻을 때까지 에익, 에익, 기합 소리를 지르며 풀과 꽃 모가지를 사정없이 후려쳐 자르고 쓰러뜨렸는데, 그러다가 도망가는 뱀을 보면 웬킹이가 쫓아가 맨손으로 꼬리를 냉큼 낚아채고선 겁주느라고 우리들 코앞에서 몇 번 뱅뱅 돌리다가 휙 하고 풀숲으로 던져버리는 것이었다. 단지 장난일 뿐, 뱀을 죽이는 일은 없었다.

사태 전만 해도 뱀은 업신, 혹은 칠성신이라고 해서 해쳐서는 안 될 영물로 여겼다. 뱀을 죽이면 해코지당한다고, 심지어 뱀을 손으로 가리키기만 해도 그 손이 썩는다는 말이 있을 정도였다. 뱀의 형상으로 밤하늘에 떠서 북극성 주위를 구불구불 기어다니는 북두칠성, 그래서 뱀은 인간의 수명을 관장하는 칠성신이었고, 곳간의 양식을 관장한다고 해서 업신이었다. 그러나 그 믿음도 이제는 모두 허사가 되고 말았다. 사태의 그 무서운 재앙불에 숱한 사람 목숨과 업신들이 죽었는데 무슨 믿음이 남아 있겠는가. 이제 뱀은 인간을 보호하는 영물이 아니라 징그러운 흉물일 뿐이었다.

어느 날, 웬깅이가 기어코 뱀을 죽이고 말았다. 윗동네 아이가 뱀에게 물려 죽은 그 둠벙물에서였다.

부족한 굳기름, 단백질을 보충하려고 우리는 그 둠벙에서 개구리를 잡아 구워 먹곤 했는데, 개구리가 있으면 뱀도 있게 마련이었다. 회초리로 풀숲을 치면서 발밑을 조심해야 했다. 비위가 약한 나도 개구리 잡기는 잔인한 줄 모르고 얼마든지 해치울 수가 있었다. 앞에서 뛰는 개구리를 회초리로 후려갈기면 벌렁 흰 배를 보이며 뻗어버리는데, 그걸 처리하는 방법이 아주 손쉬웠다. 개구리의 상체를 발뒤꿈치로 짓누른 채 한쪽 뒷다리를 잡아당기면 내장과 함께 불필요한 상체 부분이 쭉 찢겨 나가고 뒷다리 부분만 남았던 것이다. 껍질까지 저절로 벗겨져 탐스럽게 흰 살을 드러낸 한 쌍의 뒷다리, 순식간에 고깃감으로 변한 그것이 아직도 살아서 손바닥에서 푸들푸들 경련을 일으켜도 아무렇지도 않았다.

그렇게 개구리를 아무렇지도 않게 찢어 죽이는 내가, 뱀을 죽이는 웬깅이의 행동에는 아주 질려버렸다. 여러 해 그 애와 동무해서 놀았지만, 그렇게 잔인한 행동을 보인 것은 그때가 처음이었다. 작은형의 죽음 때문에 그랬을까? 근육질의 상체를 벌겋게 드러내놓고 쇠메를 힘차게 내리치던 그 형이 결국 전쟁터에서 죽고 말았다. 전사의 비보가 날아들던 날, 자기 집 대문 앞 길바닥 위를 뒹굴며 흙을 먹고 풀을 짓씹으면서 비통하게 울부짖던 그 아이. "우리 형 죽었어! 우리 형 죽었단 말이야!"

그 뱀은 사람을 잘 물어 물패기라는 이름이 붙은 독사였다. 그런데 뭔가 큰 것을 통째로 삼켰는지 배가 불룩했다. 포식한 배를 주체 못하여 굼뜨게 움직이는 그 징그러운 동작과 흉칙하게 생긴 삼각형 대가리가 웬깅이에게 충동적인 살의를 일으켰나 보다. 작은형의 죽음, 그리고 뱀에 물려 죽은 윗동네의 그 아이에 대한 기억이 그렇게 충돌질했을지도 모른다. 한 생명을 순식간에 죽음의 아가리로 삼켜버린 그 무자비한 폭력에 대한 맹렬한 적개심 말이다.

 손에 꼬리가 잡힌 뱀은 전혀 힘을 쓰지 못했다. 웬깅이는 그 뱀을 가죽채찍 휘두르듯이 휙휙 휘둘러, 머리 부분을 바윗돌에다 몇 번 세차게 내리쳤다. 대가리가 으깨진 뱀은 숨통이 끊어져 웬깅이의 손 밑으로 축 늘어졌는데, 정작 끔찍한 것은 그다음 장면이었다.

 "독사, 이 나쁜 새끼! 먹은 걸 도로 토해내!"

 죽어서 축 늘어진 뱀에게 웬깅이가 다시 한 번 사납게 덤벼들었다. 꼬리 쪽을 한 발로 짓누른 채, 몸통을 두 손아귀에 넣고 위로 훑어 올라가기 시작했다. 돼지 창자를 훑어 똥을 빼내는 식으로 쫘악 훑어 올라가자, 배 속의 불룩한 내용물이 위로 밀리면서 뱀이 다시 살아나는 듯 꿈틀거리고 입을 벌리기 시작하더니, 드디어 무섭게 딱 벌어진 아가리에서 삼킨 지 얼마 안 된, 온전한 형태의 개구리가 한 마리 밖으로 토해져 나왔다. 그리고 독사는 죽어도 흙내 맡으면 도로 살아난다고, 죽은 뱀을 다시 돌로 쳐서 확인 사살하고, 오줌 갈겨 적신 다음, 가시덤불에 걸어놓던 웬깅이……. 그 광경이 어찌나 끔찍했던지, 나중에 나는 모처럼 밥상에 오른 갈치 자반을 맛있게 먹다가 갈치 뱃살 속에서 채 삭지 않은 작은 고기를 발견하고 토악질한 적도 있었다.

그날 이후 내 꿈자리에 웬깅이가 죽인 그 물패기가 가끔 나타나곤 했다. 흙내 못 맡게 가시덤불 위에 걸어놓았지만, 그 뱀이 꿈자리에 나타나는 것까지 막을 도리는 없었다. 나는 꿈속에서 발뒤축에 바싹 따라오는 뱀에게 쫓겨 죽을 둥 살 둥 내달리기도 하고, 발목을 문 뱀을 손으로 떼어내려고 무진 애를 쓰기도 했다.

유별나게 새벽잠이 많았던 나는 여름방학 중 어둑새벽에 모이는 서부두 방파제의 조기회에 나가면, 갯바위 틈에 숨어서 쿨쿨 자기가 일쑤였는데, 한번은 그렇게 자다가 뭔가 따끔하게 귓바퀴를 무는 날카로운 감촉에, 뱀이 문 줄 알고 화들짝 놀라 깬 일도 있었다. 내 귀를 문 것은 바닷게였다.

어린 시절 뱀꿈을 꾸어본 사람은 알겠지만, 그게 정말 여간 고약한 게 아니었다. 아무리 죽어라고 달려도 발뒤꿈치의 뱀을 떨구어낼 수 없을 때의 그 절박한 심정이라니! 어떤 때는, 뱀이 발목을 문 줄도 모르고 그걸 매단 채 정신없이 달리기도 했고, 어떤 때는 뱀이 목을 칭칭 감고 조여드는 바람에 숨통이 막혀 쩔쩔매기도 했는데, 그러다가 잠에서 깨어나 보면 어찌나 애를 썼던지 주먹 쥔 손에 식은땀이 배어 있곤 했다.

아기 업은 아이

내가 어머니를 도와 밭일을 배우기 시작한 것은 5학년 때부터였지만, 그 전해에 벌써 내 등에는 조그만 짐이 마련되어 있었다. 아기 업기가 그것이었다. 업었던 아기를 내려 엄마에게 넘길 때 등짝에 산들바람 부는 듯 퍽이나 시원하던 기분이 지금도 느껴지는데, 그걸로 미루어 갓난쟁이 아기도 나에게는 꽤나 무거운 짐이었나 보다. 나보다 10년 연하의 남동생이 된 그 아기는 그해 5월에 태어났다.

아기를 낳고 나서 어머니는 서럽게 울었다. 매사에 흔들림 없이 꿋꿋하던 어머니였는데 말이다. 그 전해 여름, 그러니까 6·25 발발 직후에 훈련병 인솔차 잠시 다녀간 후, 소식이 없다시피 한 남편 걱정에 울음이 복받쳤던 것이다. 하기는 전선에서 날아드는 소식이 전사통보이기 쉬운 때 무소식은 오히려 희소식일 수 있었다. 그래서 어머니는 아기를 낳고 나서 울기는 했지만 될 수 있으면 좋은 쪽으로 생각하려고 애썼다. 워낙 천성이 무정한 사람이라 편지가 없겠지, 부대 이동이 잦아서 그렇겠지, 했다.

나는 자라나는 일에 온통 정신을 빼앗겨 아버지를 거의 잊고 지내다시피 했다. 그렇게 잊고 지내다가도 우체부 아저씨와 마주치면 가슴이 뜨끔해지곤 했다. 혹시 아버지 편지가 온 게 아닐까? 그러나 그러한 기대감보다 혹시 나쁜 소식은 아닐까 하는 두려움이 앞섰다.

그 우체부는 촌수가 그리 멀지 않은 친척분이었다. 빨간색의 우편 자전거를 타고서 읍내 곳곳을 누비며 편지를 배달했는데, 어쩌다 나와 마주치면, "어이!" 하고 밝은 웃음과 함께 손을 흔들어주고는 휑하니 스쳐 지나가곤 했다. 그 아저씨를 길에서 여러 번 만났지만 아버지로부터 소식은 좀처럼 오지 않았다.

그렇게 노상 지나치기만 하던 그 빨간색 자전거가 한번은 뜬금없이 내 앞에 멎었다. 아기를 업은 채 동네 아이들과 놀고 있을 때였다. 정말 무슨 소식이 왔나 보다 하고 잔뜩 긴장했는데 아저씨가 하는 말이 전혀 엉뚱했다.

"등에 업은 애기 누구네 애기고?"

"우리 애기우다. 내 동생 마씸."

"동생? 동생이라…… 거 이상타…… 혹시 느네 아방 그새 한 번 댕겨간?"

"다녀간 지 막 오래됐수다마. 작년 여름에 댕겨간 후로 편지도 잘 안 옵네다마."

"작년 여름? 하하하! 아암, 그러면 그렇지. 난 또 누구네 애기라고. 하하하!"

어쨌든, 그 아기는 내가 진 첫 짐이었다. 등에 아기를 업은 나는 맘대로 뛰놀 수 없어서, 주로 하는 일이 아이들 주위를 얼쩡거리며 입만 가지고 참견하는 심판 노릇이었다. 그래도 구슬치기만은 옹색하게나마 아기 업은 채로 할 수 있었다. 선 채 발바닥으로 구슬을 밀면서 슬슬 피하다가, 결정적인 순간에만 땅바닥에 엎드려 손으로 구슬을 튕겼는데, 내 등에서 잠든 아기의 머리통이 그때마다 대롱거리는 수통처럼 전후좌우로 마구 흔들렸음은 물론이다. 그렇게 노는 것에 정신 팔려 아기를 함부로 다루다 보면, 그 아기한테 꼭 보복을 당했다. 오줌 누이는 걸 잊어버려, 내 등짝이 아기가 싼 오줌에 척척히 젖을 때가 자주 있었던 것이다.

그래도 나는 그걸 별로 싫어하지 않았다. 아기 오줌이라 지린내가 덜했나 보다. 하기는 아기 것이라면 똥이라도 예쁘지 않았던가. 아기가 울면, 혹시 오줌이나 똥을 싸지 않았나 하고

기저귀 찬 아기 궁둥이에 코를 대고 킁킁 냄새를 맡아보곤 했다. 깨끗한 흰 젖을 먹어서 그런지 아기똥은 냄새가 그리 구리지 않고 색깔도 고운 노란색이었다. 그 노란색, 오죽이나 고왔으면 애기똥풀꽃이란 들꽃 이름이 생겼을까? 그리고 아기의 부드러운 몸을 안고 쪼그려 앉아 똥 누일 때 그 자세의 편안함, 응, 응, 응가, 하고 격려하면서 아기와 함께 용을 쓰다가, 쑥 빠져나오는 똥자루를 볼 때의 쾌감, 금방 싼 그 똥을 강아지가 냉큼 집어먹어버리자 아기는 자기 똥을 개가 먹어버렸다고 울면서 앙탈을 부리기도 했던 것이다.

첫 집

 어머니를 따라다니면서 밭일을 배우던 그 무렵의 나를 생각하면, 우리 밭에 조 파종하던 날, 어미 말을 졸졸 따라다니면서 함께 밭 밟는 일을 하던 망아지 모습이 떠오른다. 생후 6개월도 못 된, 갓 젖을 뗀 어린 망아지였다. 토질이 푸석한 밭이라 파종 후 착실히 밟아주어야 하는데, 외할아버지가 들에 놓아먹이던 그 짐승들을 이끌고 와 일을 도와주었다. 파종 전의 쟁기질도 물론 외할아버지가 해주었다. 미리 갈아엎은 밭에, 뿌리 들린 잡초들이 뜨거운 햇볕에 얼추 죽을 때 즈음 파종이 이루어졌다.

 씨뿌리기에 앞서 이랑을 평평하게 고르기 위해 섬피질을 해야 했다. 가지 무성한 꽝꽝나무를 베어다 그 위에 무거운 돌덩이를 얹은 것이 섬피. 어머니가 앞에서 말을 데리고 섬피를 끌고 나가면 그 뒤를 외할아버지가 따라가면서 좁씨를 뿌렸다. 그리고 아직 채 죽지 않은 잡초들을 뽑는 일은 외할머니와 나의 몫이었다.

씨뿌리기가 끝나면 점심 먹고 이내 밭밟기가 시작된다. 어린 망아지 딸린 암말은 외할아버지가 앞에서 이끌고, 그 뒤를 외할머니 어머니 그리고 내가 따라간다. 내딛는 발자국마다 풀썩풀썩 흙먼지가 일어나고, 그 뿌연 흙먼지 속에 사람의 갈옷과 말의 갈색 털빛이 녹아들어 밭의 흙과 함께 한색으로 어울린다. 지루한 노동. 동편 밭담과 서편 밭담 사이로 마냥 지겹게 왔다갔다 걸어다니는 것이다. 지루함을 이기려고 할아버지가 노래를 부른다. 밭 밟는 노래. 탁 트인 구성진 목청으로 할아버지가 선소리를 느리고 길게 뽑으면 할머니와 어머니가 후렴을 받았다. 으이어이이~ 월월월~.

그러나 6월 염천 불볕더위 속에서 밭 위에 발자국들이 빈틈없이 찍히도록 반나절이나 걸어 다닌다는 것은 사람이나 말이나, 참을성 없는 어린것들에게는 보통 고역이 아니었다. 밭담 그늘에 떠다 놓은 샘물도 더위에 물맛이 밍근해져버리는 한낮. 어린 송아지가 참지 못하고 뛰쳐 달아날 듯이 자꾸 거들럭거리고, 그쯤 되면 나도 소나무 그늘 아래로 달아나고 싶어진다. 짜증이 난 어린 손주의 심중을 눈치챘는지, 할아버지의 노래 속에 타이르고 다독거리는 사설이 들어간다. 으허헛, 요놈의 망아지들! 어디로 달아나젠 거들럭거렴시냐, 으허헛, 월월월~ 유월철 당하니, 요 망아지들도 고생이로구나, 그래도 이건 느네들이 하고 말 일이여, 오늘 하루 고생하면 놀며 먹을 게 아니냐, 요 망아지들아, 어서 재게 떨렁떨렁 걸으라, 으이어어이이~ 월월월~. 단조로운 선율로 길게 뻗어가는 노랫소리는 긴 한숨처럼 낮아졌다 점점 고조되면서, 뜨거운 허공 속에 한 줄기 바람처럼 흘러간다.

끊임없이 이어지는 그 선율은 숙명처럼 슬프고도 감미롭다. 내 종족의 핏속에 흐르는 슬픔, 그 숙명. 노랫소리를 듣노라니, 내 마음은 어느덧 진정되고, 망아지도 두 귀를 얌전히 내리깔고 고분고분 따라간다. 그 슬픈 듯 감미로운 선율과 함께 졸음도 슬슬 스며든다. 타박타박 걷던 망아지가 깜빡 졸아 다리를 비틀거리고, 내 다리도 점점 무거워진다. 그러자 당장에 호통이 떨어진다. 정신이 바짝 난다. 어허헛, 요놈의 망아지들, 졸지 말고 정신 똑바로 차령 걸으라, 그럭저럭 다 밟아감져, 어서 재게 밟으라, 그래야 느네도 쉬고 나도 쉴 거 아니냐, 으이어어이이~ 월월월~.

그렇게 어려서부터 단련받기 시작한 그 망아지는 2년쯤 지난 뒤, 성숙한 암말로 성장하여 팔려간 어미 말을 대신해서 외갓집의 충실한 머슴이 되었다.

그런데 그 유순한 망아지도 성숙한 말이 되어 난생처음 잔등에 길마를 얹고 첫 짐 지던 날은 보통 성질부린 게 아니었다. 할아버지가 살살 달래면서 보릿단을 포개 싣는데, 짐이 점점 무거워지자 말이 느닷없이 성질내며 날뛰기 시작했던 것이다. 히히힝, 소리 지르며 무섭게 뒷발질해대고 몸부림쳐대더니, 끝내 등에 올린 짐을 허물어버리고 길마만 얹은 채 밭 위를 미친 듯이 내달렸다. "저 말 막으라! 와, 와, 와!" 보리를 묶고 있던 할머니 어머니도 내달아 말을 막았다. 말은 담이 높아 뛰어넘지는 못하고 밭 안에 갇힌 채 천방지축 날뛰었는데, 그 뒤로 뱀처럼 비뚤배뚤 요동치며 따라가던 고삐줄이 마침내 할아버지의 발밑에 잡혔다. 고삐 끝을 발로 찍어눌러 말이 멈칫하는 순간에 번개같이 손으로 고삐를 낚아챘다.

할아버지는 대단히 화난 얼굴이었다. "요노무 자석! 짐 지기 싫다고 난동 부려? 못된 버르장머리, 단단히 버릇을 고쳐놔야지!" 하면서 할아버지는 날랜 동작으로 말 궁둥이를 돌며 고삐를 뒷발에 걸어 힘껏 잡아챘는데, 그러자 놀랍게도 그 큰 덩치가 중심 잃고 기우뚱하더니, 끝내 땅바닥에 쾅당 하고 쓰러지는 것이었다. 정말 기막힌 솜씨였다. 졸지에 당한 말은 모로 쓰러진 채 잠깐 어리뻥뻥한 표정이다가 얼른 발을 모으고 와들랑

일어났다. 그러나 일어나는 찰나 무게중심을 잡기 직전에 할아버지는 또 번개같이 고삐를 걸어 보기 좋게 말을 땅바닥에 메다쳤다. 다음도 똑같은 동작의 연속이었다. 할아버지의 손놀림은 매우 민첩했으나 큰 힘을 쓰는 것 같지는 않았다. 공중에 뜬 연을 실에 퇴김 주어 연속적으로 곤두박질시키는 것과 비슷했다. 꽈당 와들랑, 꽈당 와들랑, 메다치면 일어나고 일어나면 메다치고 참 볼만한 활극이었다. 그렇게 한바탕 혼찌검을 당하고 나서야 말은 고분고분해져서 그 무거운 짐에 제 등을 내주었던 것이다.

첫 짐 질 무렵의 나도 그와 비슷한 꼴이었나 보다. 등짐 지고 시오 리 길을 타박타박 걸어갈 때 그 길은 얼마나 멀고 팍팍하게 느껴졌던가. 새끼줄이 어깨를 파고드는 아픔에 성질이 버럭 나서 일부러 몸부림쳐 짐을 허물어버리기도 하고, 잘 참고 가다가도 서툰 등짐이라 저절로 허물어지기도 했다. 영락없이 첫 짐 진 망아지 꼴이었다.

아름다움이란

 가난한 어머니의 관심사는 오로지 먹는 일과 직결된 실질적인 것들뿐이었다. 당장 호구지책이 다급한 터에, 어머니의 애옥살림에는 취미·오락 같은 것이 끼어들 여지가 없었다. 노래를 좋아하긴 했지만 놀 때가 아니라 일할 때 불렀다. 노동의 괴로움을 달래는 노동요나 아기를 잠재우는 자장가밖에 몰랐으니까. 호미를 쥐지 않으면 김매는 노래를 못 불렀고, 자장가를 불러도 옆에 아기구덕이 있어야 했다. 그러니까 어머니에게 다소나마 취미나 오락 비슷한 것이 있었다면, 그것은 노동과 분리된 여가 시간에 있지 않고 노동 그 자체 속에 있었던 것이다.

 다른 사람과 잡담할 때도 어머니 손에는 뭔가 일감이 잡혀 있을 때가 많았다. 특히 뜨개질은 잡담에 잘 어울렸다. 우리 집에는 남자 어른이 없었기 때문에, 긴긴 겨울밤이면 동네 아낙들 두엇이 찾아와 어머니와 함께 뜨개질하는 일이 자주 있었다. 무슨 할 말들이 그리도 많았던지, 데굴데굴 구르며 한없이 풀려나가는 실뭉치들처럼 아주머니들은 밤늦도록 끊임없이 이야기를 늘어놓곤 했다. 각자의 손끝에서 민첩하게 반짝거리며 움직이는 대바늘들, 머리에도 여분의 대바늘이 두어 개 꽂혀 있었고……. 잡담하면서도 손놀림이 아주 능숙했는데, 입 놀리는 속도에 따라 손놀림도 빨랐다, 느렸다 하는 것이 여간 재미있지 않았다. 말을 신중하게 할 때는 손놀림도 탐색하는 듯 조심스럽다가도 말이 빨라지면 손놀림도 따라서 급해졌다.

집으로 찾아온 동네 아낙과 잠깐 잡담할 때도, 어머니는 콩뭇 하나를 옆에 갖다놓고 콩을 까면서 얘기하는 버릇이 있었다. 콩 타작은 가을 추수 때 하게 마련인데, 어째서 탈곡하지 않은 콩뭇들이 겨울까지 남아 있었나. 부엌에서 밥 지을 때도 콩뭇을 옆에 놓고 콩을 까면서 불을 땠는데. 콩뭇만 아니라 조도 다 탈곡하지 않고 그 일부를 남겨두지 않았던가. 한꺼번에 후닥닥 도리깨로 두들겨 해치울 일을, 왜 그렇게 끄트머리를 조금 남겨놓고 질질 끄는지를 그 당시 나는 이해할 수 없었다.

겨울철 햇볕 좋은 날이면 어머니는 가끔 양지바른 마당가에 조짚을 깔고 앉아서 조 이삭을 일일이 낫으로 자르고 방망이로 두들겨 탈곡하곤 했다. 도리깨는 결코 사용하지 않았고, 도리깨

질할 만큼 조 이삭을 많이 따지도 않았다. 힘에 부치지 않을 정도의 적당한 노동, 그러니까 그것은 노동이라기보다는 무료한 시간을 때우는 소일거리였던 것이다. 여가는 어머니에게 어쩐지 낯설고 두렵기까지 한 시간이었다. 아무리 한가해도 손에 뭔가 잡혀 있지 않으면 불안스러워했다. 몸이 한가하면 마음도 한가해져야 하는데 도리어 잡념과 시름이 몰려와 마음에 병이 생긴다고 했다.

아무튼 어머니는 생활 그 자체만 알았지, 생활의 장식은 언제나 눈 밖의 것이었다. 아름다움이란 당신이 생각하는 실용의 범위 내에서의 아름다움이었다. 어머니에게 장식적인 게 있다면, 쪽 찐 머리에 물린 은비녀와 나들이할 때 이따금 머리에 바르는 동백기름 정도였다. 생활의 장식이야말로 문화의 요체가 아닌가. 그러므로 어머니는 근대에 살고 있는 전근대인이었던 셈이다.

어머니의 미의식은 말하자면 이러했다. 내가 붉은 아침놀을 보고, "야, 참 아름답다!"라고 탄성을 지르면, 어머니는 "저런! 아침놀이 붉은 걸 보니, 비 올 모양이여. 밭에 갈려구 했는데……" 하고 한숨을 내쉬고, 또 내가 밤바다 멀리에 말곳말곳 빛나는 고깃배의 불빛들을 바라보며, "어멍, 저것 봅서. 참 아름답네예. 하늘의 별들이 바다에 떨어진 것 닮수다" 하고 감탄

하면, 어머니는 그저 심드렁한 목소리로 "별은 무슨 별. 그거 뭐, 갈치배들 아니가" 하는 식이었다. 아니, 여기서 내가 좀 과장하고 있는가 보다. 아침놀을 보고 한숨짓는 것은 농사일이 바쁘다 보니 당연히 그럴 수도 있는 일이지만, 그러나 여름밤 집 밖의 길가에 멍석 깔고 앉아 한가히 쉬면서 바라보는 밤바다의 어화(漁火)가 어머니라고 해서 왜 아름답게 보이지 않았겠는가. 그때의 어머니 심중을 헤아려보려는 지금, 나에게 문득 한 가지 단서가 떠오른다. 내가 사용한 '아름답다'라는 단어에 거부감을 느껴 그런 반응을 보인 게 아닐까, 하는 생각이다. 원래 고향의 방언에는 '곱다'는 있어도 '아름답다'는 없었다. 표준말 어휘에 이미 익숙해 있던 나는 그때 '곱다' 대신에 '아름답다'를 사용했음이 틀림없는데, 그게 어머니의 비위에 거슬렸던 것은 아닐까?

아름다운 꽃도 실용의 열매가 열리지 않으면 어머니에게는 별 의미가 없었다. 한번은 밤에 뒤꼍에서 야단치는 소리가 들려, 혹시 누이가 욕을 먹나, 하고 내다봤더니 웬걸, 어머니한테 야단맞는 것은 어이없게도 호박넝쿨이었다. 부지깽이로 호박꽃들을 여기저기 때리는 시늉을 하면서 말이다.

"요녀러 자슥, 느가 할 도리가 뭐꼬, 웅? 열라는 호박은 안 열고, 쓸데없이 꽃만 천지로 싸질러 놔? 잊어먹을 게 따로 있지! 정신머리 없는 놈 같으니!"

호박꽃이 건망증이 생겨서 열매 맺는 걸 잊어먹으면, 그런 식으로 닦달해야만 정신을 차린다는 것이었다. 물론, 그것은 열매가 잘 열리게 하기 위한 가지치기 작업이었다.

불씨

유난히 추위를 탔던 나를 그나마라도 달래준 것은, 불의 온기라기보다는 사랑의 온기였다. 따뜻하게 구워진 먹돌의 온기처럼, 질화로의 조그만 숯불처럼, 초라하지만 진실된 사랑, 어머니가 따뜻한 화롯재를 헝겊에 싸서 동상으로 미치게 가려운 발가락들을 지져댈 때의 그 시원한 감각, 그런 사랑 말이다. 밤똥은 마려운데, 노천 측간에서 칼바람에 알궁뎅이 베일까 봐 일어나기를 미적거릴 때, 화롯불의 온기가 마련한 그 조그만 원 안의 따뜻함은 또 얼마나 절실한 것이었던지.

그 질화로는 부뚜막에서 구워낸 흙구슬처럼 불기 잘 먹어 붉은색을 띤 것이었다. 그 오죽잖은 불을 더 잘 느껴보려고, 화로 위에 몽고 유목민의 파오처럼 동그스름하게 모아진 세 사람의 손들……. 아기는? 아기는 아랫목에 잠들어 있었고……. 불 쬐는 내 손에 이야기책이 쥐어져 있을 때가 종종 있었고, 그러한 밤에 어머니가 주로 하는 일은 뜨개질이었다. 동생 영녀도 엄마 따라 뜨개질을 배우고…… 어머니의 숙인 이마 위로 반듯하게 난 흰 가리마, 머리칼 속에 꽂혀 있는 여분의 대바늘들. 노릇노릇하게 구워진 송편에는 쌉싸름한 숯내까지 스며들어 있었다.

밤이 이슥해서 잠자리에 들 때, 이불 속은 또 맨살에 얼마나 차갑게 느껴졌던지. 이불 속에 얼른 못 들어가고 쩔쩔매는 우리 오누이를 위해서 어머니는 당신이 먼저 들어가 몸의 훈김으로 잠자리를 데워주었다. 잠자리에서 우리는, 아기를 안고 누운 어머니의 발치 쪽에 머리를 두고 나란히 눕곤 했다. 어머니의 다리가 누이와 나 사이의 경계가 되었다. 어머니의 훈훈한 체온에도 얼른 한기가 풀리지 않아 내가 몸을 웅크리면, 어머니가 나의 오므린 다리를 잡아당겨 펴주며 부드럽게 쓸어주었다. "얘야, 다리를 쭉 펴라. 다릴 오므리고 자면 사람이 박복해진다."

잠자리에 들 때, 어머니는 화로의 숯불을 재 속에 묻고 인두로 잘 다독거려주었는데, 아침에 그 잿무덤을 허물면 그 속에서 채 삭지 않은 조그맣고 납작한 빨간 불씨들이 나왔다. 입에서 닳고 닳은 빨간 사탕처럼 예쁜 불씨, 그것을 검불에 옮겨 입으로 불면 활활 타는 아궁이불이 되었다. 물론 성냥이 있긴 했으나 아껴 써야 할 귀한 물건이라, 아기구덕의 머리맡에 고이 모셔져 있었다.

재 속에 묻어둔 불씨로 아궁이불을 일구는 것은 조상 전래의 방식이었다. 함박이굴 고향집에서 조상 대대로 꺼지지 않고 면면히 이어져온 재 속의 불씨, 그 불멸의 씨앗은 우리 식구가 읍내로 이사 올 때도 오지 그릇에 담겨 함께 따라왔던 것이다.

재 속의 조그만 불씨가 순식간에 싹터 주위에 열기를 확 퍼뜨리며 휘황한 불꽃으로 활활 타오를 때, 오슬오슬 추위를 잘 타는 나에게 그것은 참으로 푸짐한 기쁨이었다. 아궁이불의 그 흐뭇한 따뜻함이라니. 그리고 구수한 불 냄새…… 그 냄새 속에 영양가가 풍부하게 들어 있는 것 같아 코를 벌름거리던 일이 생각난다.

속담에도, 거지는 모닥불에 살찐다고 했다. 아궁이 앞에 쪼그리고 앉아 따뜻한 불기운과 구수한 불 냄새에 휩싸여 있노라면 내 몸이 빵처럼 부풀면서 노릇노릇 구워지는 듯한 기분이 들곤 했다. 그래서 겨울철이면 나는 어머니가 시키지 않아도 무쇠솥 앞에 쪼그리고 앉아 밥짓기를 좋아했다. 솥 안에 쌀을 안쳐주고 나서 어머니가 선반물로 물 길러 간 사이, 나는 따뜻한 아궁이 앞에 앉아 너울거리는 주황색 불길에 시선을 빼앗긴 채 기분 좋게 공상에 잠기곤 했다.

 겨울철의 땔감은 주로 조짚이나 콩짚이었는데 이파리부터 후루룩하고 먼저 타 자꾸만 불길이 아궁이 밖으로 넘쳐 나오는 조짚 불보다는, 고르게 타는 콩짚 불이 다루기 쉬웠다. 불이 혀를 날름거리며 콩짚을 먹는 걸 보면, 꼭 말이 꼴 먹는 모습과 비슷했다.

 콩짚이 타는 구수한 냄새…… 나는 아궁이 안으로 땔감을 조금씩 조금씩 밀어넣는다. 혹시 털리지 않은 콩깍지가 없나 살피면서. 불도 말처럼 마른 콩짚을 좋아한다. 나는 부지깽이로 불을 다스린다. 불은 내가 주는 대로 먹성 좋게 야금야금 잘도 받아먹는다. 한꺼번에 너무 많이 입에 넣으면 부지깽이로 때려 덜 먹게 하고, 축축하게 젖어서 맛없는 것은 부지깽이로 들추면서 잘 꼬드겨서 먹인다. 그러나 방심은 금물, 말에게 꼴을 집어주다가 하마터면 그 억센 이빨에 내 손가락 끝이 씹힐 뻔하지 않았나. 마찬가지로 아궁이불도 방심했다간 큰일 난다. 문득, 까지 않은 콩깍지 하나 눈에 띈다. 불이 혀를 날름거리며 먹으려는 걸 얼른 부지깽이로 가로챈다. 에잉, 약 오르지? 아암, 안 되고말고! 이건 내가 구워 먹어야지.

 콩깍지를 까보니, 그 속에 노란 콩알 세 개가 나란히 박혀 있다. 아기 삼형제처럼 예쁜 모습이다. 그런데 그 조그만 것들이 보통 개구쟁이가 아니다. 콩 타작하던 날, 나도 한몫 거든다고 도리깨 들고 어머니 앞에 마주 섰다가 녀석들의 극성에 얼마나 애먹었던지! 어머니의 힘찬 도리깨질에 튀어 오른 콩알들이 연상 내 얼굴을 아프게 때리고, 눈도 제대로 못 뜨게 티끌이 뿌옇게 날아오르는 상태에서 어설프게 팔을 놀리다가 내가 휘두른 도리깨에 내가 얻어맞곤 했다. 그걸 보고 어머니가 웃었다. "그것 보라. 그러니까 겨드랑이를 떼고 팔을 놀려야지. 달걀 훔쳐서 겨드랑이에 숨긴 것처럼 하지 말고." 그리고 타작이 끝나 마당에 수북이 쌓인 콩을 쓸어 담노라면, 이번엔 그 녀석들이 내 발바닥을 기분 좋게 간지럽혀주는 척하다가 졸지에 나를 주르르 미끄러뜨려 엉덩방아 찧게 했다. 비질이 끝난 다음에도 땅바닥에 박힌 채 끝까지 버티는 놈들이 많아서 애를 먹었다. 그 많은 콩알들을 일일이 손으로 뽑고 나면 반반하던 마당 바닥은 어느새 구멍 빠끔빠끔한 곰보 상판의 우스운 꼴로 변해 있었다. 하여간 녀석들은 짓궂은 개구쟁이들이다.

나는 콩짚을 아궁이로 밀어 넣으면서 혹시 털리지 않은 콩깍지가 또 있나 살핀다. "저 콩깍지는 깐 콩깍지인가, 안 깐 콩깍지인가." 나는 이렇게 소리 내어 중얼거리고는 히익, 하고 웃음을 터뜨린다. 정말 우습다. 한 자 한 자 손으로 짚듯이 또박또박 소리 낼 때는 괜찮은데, 혀를 조금만 빨리 놀려도 말이 당장 엉망이 되어버린다. "저 꽁깡징웅 깡꽁깡징잉가 앙깡꽁깡징잉가." 아무리 말 잘하는 아이라도 이 말은 입에 올리기만 하면 대번에 코맹맹이 반벙어리가 되어버린다. 친구들과 그 말을 자꾸 되풀이하면서 얼마나 웃었던지. 그런데 나는 멀쩡한 말에도 더듬기 잘해서 탈이다. 보통 때는 괜찮다가도, 심술만 나면 꼭 말을 더듬었다.

그렇게 불을 한참 때고 있노라니, 밥은 끓어 수국 같은 흰 거품이 보기 좋게 피어오르고 따뜻한 불기운에 휩싸여 온몸이 노곤해진다. 야릇한 쾌감, 간지러움. 무쇠솥 검정 밑창이 뜨겁게 달궈져 거기에 눌어붙은 검정 그을음에 자디잔 불티들이 무수히 돋아났다. 솥 밑창은 속옷 까고 앉은 궁둥이를 닮았다. 내 가랑이 사이도 아궁이불에 뜨거워져 불주머니가 기분 좋게 축 늘어졌다. 그 위에 달린 조그만 꼬투리도 슬그머니 꼼지락거린다. 간지럽다. 검게 탄 부지깽이 끝에 달린 빨간 불똥, 그게 무엇을 닮았는지 나는 잘 안다. 그 빨간 부지깽이 끝으로 솥 밑창의 팡파짐한 궁둥이를 마구 쑤셔댄다. 그을음에 붙었던 불티들이 사금을 흩뿌린 듯이 반짝거리며 쏟아진다. 그러고는 부지깽이를 재 속에 꾹 박아 끝에 달린 불똥을 꺼뜨린다. 그런데 이런! 너무 기분 좋은 나머지 찔끔 오줌을 지리고 말았다. 따뜻한 불기운에 오줌통이 부풀어서 그랬나?

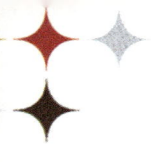

3부
돌아온 산

고개 떨군 내 모습에서 여학생들이 슬픈 베르테르를 발견하고
"어머, 저 애 좀 봐! 너무 슬퍼 보인다얘"
하고 탄성 질러주기를 얼마나 바랐는지 모른다.

신석이 형

중1 때 나는 사춘기에 접어들고 있었다. 유년을 벗어나긴 했으나 영혼에 새로운 내용이 채워지지 않은 시기, 성에 대해 호기심은 많았지만 그것이 강박관념으로 나타날 때는 아직 아니었다. 사춘기 문턱에 서서 호기심 어린 눈으로 그 안을 들여다보던 그 아이가 성숙한 여체를 동경한다는 것은 자신의 성이 거기에 걸맞도록 어서 성숙해지기를 바라는 뜻도 내포되어 있었을 것이다. 고등학교에 다니는 동네 형들이 운동으로 가꾼 근육질의 체격을 나는 부러워했고, 성숙한 남자의 육체도 아름답다는 걸 그때 깨달았다. 제2차 성징인 정수리의 볏이 아직 노란 새싹이나 다름없는 중병아리에게, 성적으로 완성된 시뻘건 장닭의 아름다움은 참으로 부러운 것이었다.

동네 형들 중에 축구 선수도 있었고, 물속에서 작살질 잘해서 물귀신이란 별명이 붙은 형도 있었지만 체격이 좋기로는 신석이 형이 으뜸이었다. 한 집 건너 이웃에 살던 그 형은 평행봉의 명수였다. 집 앞 길가에 평행봉을 세워놓고 날마다 운동했는데, 웃통을 벗으면 근육 뭉치들이 툭툭 불거진 역삼각형의 우람한 체격이 정말 볼만했다. 가빠낑, 그렇지, 양 겨드랑이 부위에 쑥 비어져 나온 근육 때문에 양팔이 절로 벌어졌는데, 그 근육을 가빠낑이라고 했다. 비록 왜말이긴 해도, 오랜만에 혀끝에 떠오르니 분실물을 찾은 듯 반갑다. 잠깐 펜을 놓고 인체 해부도를 찾아 살펴보니 가빠낑은 우리말로 광배근이라고 되어 있다. 벗은 상체를 순간적으로 힘 넣어 긴장시키면, 마치 박쥐가 날개 펴듯 양쪽 광배근이 팽팽하게 어깨 끝으로 뻗치면서, 양팔이 저절로 쳐들려지곤 했다. 이두박근, 삼두박근이란 근육 이름도 그 형의 몸에서 배웠다.

그러나 내가 그 형한테 반한 것은 단지 보기 좋은 육체미 때문만은 아니었다. 그보다는 장래를 설계해놓고 그것의 성취를 위하여 불철주야 분투하는 모습이 내 마음을 사로잡았다. 평행봉 위에서 새처럼 몸을 날리는 그가 실은 지독한 공부벌레였던 것이다. 방에 틀어박혀 공부하다 지루하면 잠깐씩 밖에 나와 평행봉 체조를 하고 들어가곤 했는데, 그러니까 그의 운동은 길고 지루한 공부 시간의 사이사이에 찍히는 쉼표 같은 것으로 기분 전환의 수단에 불과했다.

사범학교 졸업반인 그 형의 장래희망은 놀랍게도 초등학교 교사가 아니었다. 사범학교를 졸업하는 즉시 대입시를 치르기 위해 상경할 작정이라고 했다. 사는 형편이 우리 집과 조금도 나을 것이 없는 가난뱅이 신세인데, 어떻게 그런 결심을 할 수 있을까? 그 형은 4·3사건 때 부친을 잃고 어머니와 단둘이 셋방살이를 하고 있었다. 사태 때 소각당했다가 최근에야 재건된 고향 마을 연동이 10리도 채 안 되는 가까운 곳에 있었지만, 집 지을 돈이 없어서 여태 못 돌아가고 있는 형편이었다. 그런데도 그의 결심은 요지부동이었다. 돈이 없어도 일류 대학에 합격하기만 하면 된다고 했다. 일류 대학에 합격만 하면 가정교사 아르바이트로 얼마든지 대학을 나올 수 있다고.

다른 존재로 비약하려는 이 대담한 계획이 중학생인 나의 의식에도 영향을 끼쳤음은 물론이다. 노력만 하면 다른 존재로 탈바꿈할 수 있다니 이 얼마나 기쁜 복음이었던가. 가난한 나에게 서울이란 도저히 가닿을 수 없는 가상의 장소처럼 여겨졌는데, 바로 그 서울이 신석이 형에게 공상이 아닌 구체적인 목표로 설정되어 있었던 것이다. 목표를 정해놓고 한눈팔지 않고 일직선으로 걸어가는 그에게 서울은 결코 그림의 떡이 아니었고, 이제 그의 꿈은 또한 나의 꿈이기도 했다.

그렇게 신석이 형은 내가 숭배한 최초의 우상이 되었다. 모든 우상숭배가 그렇듯이 그 형은 무심했고 오직 나의 일방적 관심만이 있을 뿐이었다. 고3인 그 형이 중1짜리가 눈에 찰 리도 없고, 무엇보다도 시험공부에 바빠 신경 쓸 여유가 없었을 것이다. 나한테 보여주는 관심이라곤 만나면 빙긋 웃으며 인사를 받는 것이 고작이었지만, 그 정도의 호의에도 나는 기분이 좋아 어깨가 으쓱 올라가곤 했다. 불철주야로 공부한다는 것이 도대체 어떤 것인지 냄새라도 맡아보려고 그 집 앞을 얼쩡거려 보기도 했다. 한밤중까지 자지 않고 졸음을 참다가 그 집 앞을 가본 적도 있는데, 그때 돌담 구멍을 통해 새어 나오는 그 방의 불빛은 나에게 깊은 감동을 주었다.

어느새 나는 그를 모방하고 있었다. 그가 집 앞에 세워놓은 평행봉에 매달려 운동을 배우기 시작했고, 성큼성큼 발을 떼어 놓는 보폭 큰 그의 걸음걸이를 흉내 내느라 가랑이가 찢어질 지경이었다. 그 형뿐만 아니라 다른 형들도 걸음이 빨랐다. 학교에 늦은 시간도 아닌데, 아침마다 왜 그렇게 습관적으로 반달음질치곤 했던가. 그래, 그것이 당시의 생활 습관이었다. 걸음걸이가 대체로 빨랐던 그 당시 길거리의 행인들의 모습을 떠올려보자면, 등장인물들이 쫓기듯 총총 빠른 걸음질치는 무성영화 시대의 화면을 보는 것 같다.

아무튼 다리품 파는 것 외에 다른 교통수단이 별로 없어서 백 리 길도 예사로 걸어 다녀야 하는 시절이었으니, 속보는 일상생활에 매우 중요한 기능이었을 것이다. 물론 속보가 중요한 기능이었다는 것은 그 사회가 아직도 농경 위주의 전통사회에 머물러 있었음을 뜻한다. 그 당시 학생들은 거의가 농부의 자식들이었다. 그러니까 농부의 자식인 우리들은 부모와 다른 새로운 신분을 획득하기 위하여 그렇게 아침 등교 때마다, 떼를 지어 질풍처럼 내달렸던 것이 아닌가. 신석이 형을 비롯한 선배들의 빠른 걸음을 쫓아가려고 거의 뜀박질하다시피 했던 나는 자연스럽게 구한말의 영웅 이재수를 생각했을 것이다. 민란의 장두가 되기 전, 소년 관노로서 관가 심부름을 할 때 벌써 그는 뛰어난 속보꾼으로 이름이 나 있었다. 50여 년 전, 미천한 관노의 신분에서 민중의 장두로 떨쳐 일어났다가 비장한 최후를 맞이한 청년 이재수, 4·3의 장두 이덕구를 영웅으로 받아들이기 어려운 처지에서 그는 우리가 가슴에 품을 수 있는 유일한 영웅의 이름이었다.

아침 등교 시간이면, 정드르 학생들이 부러리 동산의 좁은 길로 떼말처럼 바삐 몰려가던 광경이 지금도 눈에 선하다. 고등학생 형들이 선두에서 보폭 크게 성큼성큼 걸어가고, 그 뒤를 다리 짧은 중학생 조무래기들이 종종걸음 치며 허겁지겁 따라붙곤 했다. 신석이 형의 꽁무니에는 주로 내가 단골로 따라붙었는데, 유난히 커서 실룩대는 엉덩이와 그 엉덩이의 주머니에는 영어 단어장이 꽂혀 있었다.

늑막염

 그런데 이러한 나의 모방심리는 아무래도 정도가 지나쳤나 보다. 평행봉운동은 중1짜리의 좁은 어깨로는 애당초 무리여서 결국 탈이 나고 말았다. 늑막염이었다. 가슴뼈 접질린 것이 덧났던 모양이다. 다행히 결핵성이 아니어서 온수찜질로 치료가 가능했는데, 그래도 한 달 남짓 몸져누워 있어야 했다.

 그 병을 앓고 있는 동안 내내 내 몸을 떠나지 않던 미열, 그 것이 만들어놓은 슬픔과 함께, 병후에 어머니가 먹여준, 참기름 한 숟갈 끼얹은 뜨끈뜨끈한 흰 쌀밥의 그 고소한 맛은 이루 표현할 수 없는 것이었다. 계속된 미열의 상태는 괴롭다기보다는 야릇한 슬픔의 분위기였던 것 같다. 그렇게 오래 앓아본 적이 없어서 그런지, 그 병의 체험은 지금도 기억에 뚜렷하다. 기억에 뚜렷한 만큼 그 병은 나의 내면에 어떤 상흔을 남겨놓았음이 분명하다.

  미열에 시달리던 나는 우울한 무력감에 빠진 채 늘 방 안에 드러누워 있어야만 했다. 낮에도 의식이 몽롱한 상태로 비몽사몽간을 헤맬 때가 많았다. 그런 상태에서도 어머니의 기척에는 민감하여, 부엌에서 사기그릇 달그락거리는 소리에도 금방 제정신이 돌아오곤 했다. 몽롱한 의식 속을 문득 파고드는 맑은 음향, 그릇 달그락거리는 소리, 도마 위에 무 써는 소리, 또 그것은 물 길러 갔던 어머니가 돌아와 항아리에 물 붓는 소리이기도 했다. 병을 앓아 약해진 내 마음은 오직 어머니한테만 쏠려 있었다. 어머니 뒤에 보이지 않는 끈을 길게 매달아놓고 그 끝을 나는 하루 종일 놓지 않고 붙들고 있었다. 집 안팎을 드나들며 멀어졌다 가까워졌다 하는 어머니의 일거수일투족을 귀로 좇으며, 그 소리가 내 방문 앞에 다가오기를 나는 얼마나 애타게 기다렸던가. 어머니가 방문을 열고 방 안을 들여다보는 그 순간을 말이다. 아픈 내가 믿을 것이라곤 오직 어머니뿐, 귀가가 늦어진 어머니를 기다려본 적이 한두 번이 아니었지만, 병중인 그때처럼 강하게 어머니의 실존을 느껴본 적이 없었다.

  그와 함께 나 자신의 실존도 생생하게 느껴졌다. 나는 무슨 일을 하다가, 심지어 다른 사람과 대화를 나누다가도 멍하니 한눈파는 버릇이 있는데, 아마도 그것이 그 병 체험에서 비롯

되었을 것이다. 나는 그렇게 오래 학교도 결석한 채, 아이들과 떨어져 혼자 있어본 적이 없었다. 낮 동안에는 식구들과도 떨어져 그 방에 덩그렇게 나 혼자였다. 혼자서 침묵을 견뎌야 했다. 낯설던 침묵이 점점 익숙해지고, 그 침묵 속에서 나 자신의 모습이 잘 보였다. 그 방은 오직 나란 존재 하나로 가득해져버린 듯했다. 아이들 속에서, 그들과 조금도 구별이 안 되게 혼연일체로 섞여 있는 것이 그동안 나의 존재방식이 아니었던가. 이제 나는 나 자신, 나의 실존이 분명히 느껴졌다. 다른 아이들로부터, 심지어 어머니로부터도 떨어져 나와 있는 단독자로서의 나, 나는 누구인가 하는 의문, 난생처음 실감하는 존재의 허무가 막막한 슬픔으로 내 가슴을 짓눌렀다. 자기 응시, 병든 나는 그렇게 슬프고도 혼곤한 무력감 속에서 그렇게 오직 나 자신만을 대면하고 있었던 것이다.

비몽사몽간을 헤매다가 눈을 뜨면 천장 도배지의 연속무늬들이 서로 엉겨 꿈틀거리는 뱀 떼로 보이곤 했다. 그리고 창문을 향해 모로 누워, 바깥빛이 와 닿아 있는 환한 창호지를 물끄러미 바라보기도 했다. 그 창호지에는 자잘한 섬유 찌꺼기들이 많이 달라붙어 있었는데, 앓고 있는 아이의 눈에는 그것들이 동물이나 사람의 여러 가지 형상으로 나타나 보였다. 무엇보다도 내 마음을 사로잡은 형상은 속눈썹 긴 소년의 프로필이었다. 『소년세계』나 『학원』과 같은 소년 잡지 연재소설의 삽화에 자주 등장하는 슬픈 표정의 소년 모습과 흡사했다. 속눈썹이 길어 계집애같이 생긴 소년. 흰 창호지에 그려진 그 슬픈 소년의 프로필을 물끄러미 바라보노라면, 마치 그가 내 몸 안에 들어와서 나를 슬프게 하고 나를 병들게 하고 있는 것처럼 느껴졌다. 그 소년을 바라보면서 나는 막막한 슬픔에 비질비질 눈물을 흘리곤 했다. 몸속의 그 아이 때문에 내 몸은 갑절 무거워져 옴짝달싹할 수 없었는데, 그럼에도 그 무력감에는 괴롭고 슬프면서도 어딘가 야릇한 감미로움이 있었다. 손가락 까딱할 힘도 없이 미끄럽게 빠져들어가는 진수렁 속의 그 감미로움. 아마도 나는 내 몸속에 들어와 나를 껴안고 함께 병을 앓고 있는 그 아이를 좋아했던 모양이다. 아니 그 아이는 바로 다름 아닌 나 자신이었다. 나야말로 눈 크고 속눈썹 길어 계집애같이 생겼다는 말을 자주 들어온 터였다.

글쓰기

 그 병 체험은 그렇지 않아도 우울해지기 쉬운 나를 더 감상적인 아이로 바꾸어놓았다. 병이 다 나은 후에도, 그 속눈썹 긴 아이가 내 몸속에 퍼뜨린 슬픔은 그대로 남아 있었던 것이다. 이제 나는 다른 아이들과 확연히 구별되는 자신을 보고 있었다. 또래 집단에서 일탈해버린 아이. 걸음 빠른 선배들의 뒤를 반달음질치며 아등바등 쫓아가는 그 아침 등교 행렬 속에도 끼지 않고, 나는 홀로 걸었다.
 등굣길의 그 행렬 속에는 나와 같은 학년 소속으로 신석이 형 이상으로 나에게 영향을 끼친 아이가 있었다. 나보다 두 살 위였던 그 아이의 이름을 영대라고 해두자. 나중에 4선 의원으로 출세한 인물인데, 그때 벌써 우리 중에 군계일학 같은 존재였다. 영대 역시 4·3 피난민이었다. 종씨인데다 같은 노형 출신이어서 그와 나는 초등학교 때부터 가깝게 지낸 사이였다. 사태 때 부모 잃고, 누나와 단둘이 우리 동네에서 셋방살림을 하고 있었는데, 그러한 형편에도 영대는 학업에서 그야말로 타의 추종을 불허하는 발군의 실력을 보여주고 있었다.

웅변도 잘해서 대회에 출전하기만 하면 으레 1, 2등을 차지하곤 했다. 웅변 원고도 벌써 중1 때부터 스스로 작성할 정도였다. 약점이라면 키가 작다는 것. 그런데 중1 때 한번은 웅변대회 단상에 오른 그가 자신의 작은 키를 영국 수상 로이드 조지의 키에 빗대어 변호함으로써 우리를 놀라게 한 적이 있었다. 로이드 조지라는 인물을 나는 그때 처음 알았는데, 그 대목이 매우 인상적이었다. "로이드 조지도 저처럼 키가 작았습니다. 그 사람이 처음으로 국회의원에 출마하여 선거 연설을 할 때였습니다. 연설하려고 단상에 올랐는데 키가 얼마나 작았던지 탁자 위로 머리통만 보였습니다. 그걸 보고 사람들이 깔깔대며 웃으니까, 그가 뭐라고 말했는지 아십니까? 현대인의 키는 발끝에서 머리끝까지 재는 것이 아니라, 턱 끝에서 머리끝까지 잰다고, 머리통만 재면 된다고, 그렇게 말해서 박수갈채를 받았던 것입니다."

그 대목에서 영대도 역시 박수갈채를 받았다. 로이드 조지는 그의 꿈이었다. 영대는 벌써 자신의 상징을 선정해놓고, 거기에 맞는 수련을 침착하게 쌓아가고 있었다. 그렇게 되기로 예정되어 있었고, 단지 정해진 그 길을 걸어가기만 하면 되었다. 그렇게 되리라는 걸 의심하는 사람은 없었다. 4·3의 초토에서 살아남은 고아, 강인한 생명력으로 그 아이가 펼치는 그 눈부신 질주를 보고 손뼉 치지 않을 사람이 누가 있었겠는가. 어느 모로 보나 그는 내가 본받아야 할 모범이었다. 나의 학업 성적이 그래도 괜찮았던 것은 그와 같은 좋은 비교 대상이 있었기 때문이었다.

그런데 늑막염을 앓고 나서 나는 다른 아이가 되어버렸다. 그 병의 여파로 오랫동안 잊고 있던 우울증이 다시 나타났다. 다섯, 여섯 살 적의 그 우울증, 고향 함박이굴의 그 막막한 어둠과 슬픔 말이다. 그 경험이 얼마나 혹독했던지, 읍내로 이사 온 후에도 그 후유증이 남아 나를 괴롭혔다. 두렵고 슬픈 일들이 이제는 없어졌는데도 나는 말을 더듬었고 하찮은 일에도 마음이 상하여 눈물을 짜곤 했다. 이제는 단지 버릇일 뿐, 슬픔 때문이 아닌, 그 싱거운 눈물을 나는 얼마나 부끄러워했던가. 그리고 뉘 많은 밥을 씹듯이 더듬거리는, 그 답답한 어눌함이라니! 창피를 무릅쓰고, 초등학교 6학년 때는 웅변대회에, 중학교 1학년 때는 만담대회에 출전할 정도로 나는 말 더듬는 악습을 고치려고 애를 썼고 얼마간 효과를 보기도 했다. 그런데 그렇게 피하고 싶었던 우울증이 그 병과 함께 다시 찾아와 내 마음을 지배하기 시작했다. 병을 앓고 나서 허약해진데다 마침 사춘기의 시작이 겹쳐져 그렇게 된 것이었다.

나의 사춘기는, 그러니까 중1 말께부터 시작되었던 것 같다. 그때를 기준해서 나의 내면 풍경은 계절의 변화처럼 확연히 달라졌다. 혼자 있고 싶었고, 별 까닭 없이 울적해져 눈물을 글썽거리곤 했다. 또래의 집단에서 일탈한 나는 풀 죽은 모습으로 혼자 걷기를 잘했다. 고개를 숙인 채 땅바닥의 제 그림자를 내려다보면서. 아니, 햇빛조차 싫어 길 가장자리로 그늘을 골라 걸었다. 그러나 병중에도 그랬듯이 그 슬픔에는 야릇한 감미로움이 있었다. 감상(感傷)의 달콤한 맛을 사춘기에 겪어본 사람은 잘 알 것이다. 나는 그 슬픔을 오히려 즐겼고, 일부러 얼굴에 우울한 표정을 달고 다녔다. 그러니까 그 슬픔 그 우울은 한편으로는 작위적인 면도 있었던 것이다.

병석에 오래 누워 있던 탓에 나는 침묵에도 제법 익숙해 있었다. 우울한 표정에 말 없는 아이. 그랬다, 이제 나는 내 것이 아닌 달변·웅변에 더 이상 연연해하지 않기로 했다. 반쪽 귀머거리에 눌변인 나에게는 말보다 침묵이 더 어울렸고, 따라서 내가 선택해야 할 것도 말이 아니라 글이라는 걸 깨달았다.

그때 새로운 나의 우상으로 등장한 것이 국어 담당 김 선생이었다. 아직 젊은 총각이었던 그는 문학 지망생이었는데 그 순수한 문학적 열정이 은연중 나에게 전달된 것이었다. 손바닥 위에 분필 토막을 굴리면서 시를 낭송하던 그 울림 좋은 음성과 함께 예민하게 빛나던 얼굴 표정이 생각난다. 그리고 소음이 오히려 침묵을 강조할 경우도 있다,라고 한 말도 잊혀지지 않는다. 예컨대 깊은 밤 만상이 잠들어 고요한데, 문득 바람에 싸르르 낙엽 구르는 소리, 그 소리가 오히려 한밤의 침묵을 더욱 강조한다고. 그때 내가 받은 감동은 얼마나 컸던가. 계시 같은 그 말 한마디. 그것은 내가 처음 들어본 새로운 어법이었고 바로 거기에 문학의 비밀이 있었다.

내가 『학원』지에 실린 고교생들의 작품을 흉내 내어, 난생처음 이야기를 지어본 것도 그 무렵이었다. 그러니까 중1의 2학기 때였는데, 그 글이 어쩌다 운 좋게 도내 중학생 문예현상모집에 입상했고, 그래서 김 선생의 눈에 들게 된 나는 가끔씩 그분의 방을 드나들며 문학책을 빌려볼 수 있는 특권을 누리게 되었다.

소설이란 이름으로 난생처음 써본 그 작품의 제목은 「어머니와 어머니」였다.

「어머니와 어머니」

「어머니와 어머니」에서 그중 한 어머니는 작은어머니를 말한다. 그랬다. 나는 방금 그 무렵의 우울증이 늑막염을 앓고 난 후유증인 것으로 말했지만, 다른 한편으로는 아버지의 일탈 행위에도 그 원인이 있었다. 작은어머니라니, 그것은 나에게 너무도 천부당만부당한 소리였다. 서천 꽃밭에 벼슬을 살러 간 아버지가 거기서 만난 여우 같은 여자한테 홀려 영영 고향에 못 돌아오게 되었다는 소식이었다.

아버지의 숨겨진 이 비밀이 밝혀진 것은 중1 여름께였다. 인천에서 해물 중개상을 시작했다는 편지가 오고 난 후, 그동안 감감무소식이던 아버지에 대해서 뜻밖의 소식이 전해졌다. 공무차 서울 출장을 다녀온 큰아버지가 그 사실을 밝혔는데, 아버지는 인천에서 딴살림을 차리고 있더라고 했다. 초등학교를 졸업하면 인천의 중학교에 나를 입학시켜주겠다던 아버지가 말이다. 그러한 사실을 큰아버지는 면목 없어 당신이 직접 전하지 못하고 중간에 사람을 놓아 조심스럽게 알려왔다. 그 여자와의 관계는 최근의 일이 아니고 제대 직후부터 있어온 것이라고 했다. 그 사실을 알려올 때 드러내놓고 말은 안 했지만, 이미 오래되어버린 일이니 기정사실로 받아들일 수밖에 없지 않느냐는 것이 큰아버지의 속뜻이었을 것이다. 그래서 한때 어머니는 큰아버지를 미워하기까지 했다.

거의 1년 동안 아무 물정도 모른 채 지내온 우리 식구에게 그것은 너무도 큰 실망이었다. 고무신 가게 아이인 승언이에게 그런 일이 생겼을 때만 해도 남의 일이거니 했다. 한번은 시장 앞을 지나다가 승언이 어머니가 웬 여자의 머리끄덩이를 잡고 닭싸움하듯 쥐어뜯는 장면을 우연히 보았는데, 알고 보니 상대가 바로 그 여자였다. "아이고, 성님! 아이고, 성님!" 하고 울상을 지으며 일방적으로 당하기만 하던 그 여자는 뜻밖에도 젊고 예쁜 용모였다. 승언이 아버지는 소아마비로 한쪽 다리를 절었지만, 양계장을 크게 할 만큼 돈 버는 재주가 있었다. 그 여자와 살림을 차린 아버지와 그 때문에 두통을 앓아 이마에 양말 대님을 동여맨 어머니 사이에 끼인 채, 이러지도 저러지도 못하는 승언의 처지가 얼마나 측은하게 보였던지. 당장 애

비를 데려오라는 성화에 쫓겨 집 밖으로 나왔지만 차마 아버지를 찾으러 갈 용기가 없어 길바닥에서 서성거리곤 하던 그 아이. 그런데 한번은 녀석이 조르길래, 묵은성 동네의 그 집에 동행해주었다가 깜짝 놀란 적이 있었다. 누구냐고 하면서 대문 밖으로 얼굴을 내민 그 여자에게 녀석이 '작은어머니'라고 부르면서 꾸벅 절을 했던 것이다. 큰누나뻘밖에 안 되는 여자에게 작은어머니라고 부르다니 너무도 황당했다. 어머니가 그 여자 때문에 속을 태우는데 어떻게 그런 호칭을 쓸 수 있단 말인가.

그런데 이젠 내가 그 꼴이 되어버리고 말았다. 아버지에게 다른 여자가 생겼으니, 한라꿍은 이제 어떻게 해야 하나? '작은어머니'라니, 그것은 나에게 너무도 천부당만부당하여 아예 떠올릴 수도 없는 단어였다. 그 여자는 작은각시일 뿐 나와는 아무 상관없는 여자였다. 아, 오랫동안 아득한 그리움으로 가슴에 품어온 아버지 상이 그런 식으로 망가질 줄이야. 그 후부터 나는 승언이 아버지가 징그럽게 느껴져, 길에서 보기만 하면 속으로 비웃어주곤 했다. 한쪽 다리가 짧아 기우뚱거리는 걸음걸이에다 천자문으로 박자를 맞춰 "별진 잘숙, 별진 잘숙" 하면서.

이제 내 어머니의 이마에도 양말 대님이 동여매져 있었고, 승언이처럼 나도 어머니한테 들들 들볶임을 당해야 했다. 그것이 얼마나 큰 충격이고 불행인지는 어머니의 실성한 듯한 모습에 그대로 나타나 있었다. 다정스럽던 얼굴이 증오로 무섭게 일그러졌는데, 나는 어머니에게서 그렇게 험한 모습을 본 적이 없었다.

그때 어머니가 겪은 배신감은 얼마나 쓰디쓴 것이었을까? 어머니는 자존심이 강한 분이었다. 남부끄러워 어떻게 낯 내놓고 사느냐고 죽고만 싶다고 했다. 슬픔보다 더 지독한 아픔이 치욕이었다. 아니할 말로, 전사통지 엽서였더라도 그보다는 덜 아팠을 것이다. 어머니는 그 사실이 남에게 알려지는 걸 무엇보다 두려워했다. 이웃에 하소연하기는커녕 혹시 들을까 봐 큰소리로 울지도 못하고 방구석에 틀어박힌 채 치욕에 떨며 생가슴을 앓았다.

"아이고, 아이고, 이 노릇을 어떵하면 좋을꼬? 남부끄러워 어떵 사나. 아야 가슴이여. 머리여, 오장에 불붙어 못 살키여. 본처 소박하고 육지년한테 붙은 불한당놈, 대천바당(바다) 가운데 들엉 길을 잃고 거꾸러나지라!"

그러나 욕먹어야 할 그 불한당이 섬 밖 먼 곳에 있었기 때문에, 장남인 내가 죄 없이 그 대리물이 되어야 했다. 커갈수록 내 용모가 아버지를 닮아간다는 말을 많이 들었는데, 아마도 어머니는 내 얼굴에서 변심한 남편의 모습을 발견하고, 나를 통해서 아버지를 미워했던 것이다.

"말 좀 해보라, 요 아이야. 우는 체 말앙 솔직히 말해보라. 느네 아방이 육지년 얻으니까 너도 좋지, 응? 그 육지년이 너도 좋지, 응? 작은어멍이 생겼으니, 얼매나 좋아. ……무사, 싫어? 거짓말, 넌 지금도 아방이 올라오라고 할 때만 눈 빠지게 기다렴지? 지금이라도 인천에서 기별 오면 이 불쌍한 어멍을 내버려두고 얼씨구나 하고 올라갈 거지? 무사, 내 말이 틀려서? 아니라고? 거짓말, 내 말리지 않을 테니까, 갈 테면 가라, 이 불쌍한 어멍 내버리곡, 느네 아방한테, 그 육지년한테 강 살라. 그년이 해주는 밥 먹곡, 그년이 사주는 좋은 옷 입곡, 그년을 어멍이라 부르멍 잘 살아보라. 우는 시늉 말앙 똑바로 말해보라니까! ……아니라고? 아니긴! 아이고, 아이고, 내 팔자야!"

어머니는 걸핏하면 이렇게 나를 아버지와 연결시켜 생트집을 잡곤 했다. 그런 말을 들을 때면 너무도 황당하고 슬퍼서 눈물이 쑥 빠지곤 했는데, 그러면 또 그 눈물을 트집 잡아 야단이었다.

"울기는! 느네 어멍이라도 죽어시냐? 나 안즉 안 죽었져. 이렇게 퍼렇게 살았는데, 무사 우는 것고? 느네 아방 욕한다고? 그 육지년 욕한다고 울어? 아이고, 아이고, 내가 죽어야지. 내가 죽거들랑 그 육지년을 어멍이라 부르며 잘 살아보라. 내가 죽든지 도망가든지 해야지 이렇게는 못 살아. 느네 아방이 도망갔는데, 난 도망 못 갈 것 같으냐. 느네들 세 오누이 고아로 남겨놓고 도망가고 말 거여. 참말로 이렇게는 못 산다, 못 살아. 어서 큰집에 가서 느네 할망, 느네 큰아방 데려오라. 느네들 맡겨놓고 나 혼자 집 나갈 테니."

찌르는 듯한 날카로운 목소리, 그걸 듣는 것은 매 맞는 것보다 더 견디기 어려웠다. 그 쓰디쓴 비꼼과 빈정거림을 어린 내가 어떻게 눈물 없이 견딜 수 있었겠는가. 때로는 어머니에게 말대꾸하면서 대들기도 했지만, 홍분하면 말을 더듬는 게 내 버릇이라, 그 때문에 더욱 울화가 치밀어 쩔쩔매곤 했다.

그 무렵 어머니와 나 사이에 형성된 가파로운 긴장 상태를 어떻게 설명하면 좋을지 모르겠다. 넋두리를 할 때 어머니의 모습은 전혀 딴사람으로 변해버린 듯 보기에도 무서웠다. 어린 자식한테 넋두리를 푸는 것이 옳지 않은 줄 알면서도, 어머니는 전혀 자제가 안 되는 모양이었다. 오장을 태우는 그 증오의 불길은 당신의 힘으로는 도저히 제압할 수 없는 불가항력이었나 보다. 게다가 어머니는 나 외에는 달리 넋두리를 풀 곳도 없었다. 어머니는 너무도 괴로워했다. 그래서 나는 가능한 한 견뎌내야만 했다. 혹시 어머니가 절망한 나머지 정말로 우리를 버리고 집을 나가버리면 어떡하나 하고 두렵기도 했다. 그러나 그렇게 생각하면서도 일단 어머니의 넋두리가 터지면 덩달아 내 감정도 격해져서 탈이었다.

'아버지'는 함부로 입에 올릴 수 없는 위험한 단어가 되어버렸다. 그것이 어찌나 민감한 뇌관이던지 만지지 않고 눈짓만 해도 터질 때가 있었다. 예를 들면 공책 살 돈을 달라고 해도 느네 아방 느네 작은어멍한테 가서 말하라고, 꼭 빈정거리고 난 다음에야 돈을 주곤 했다. 그럴 때면 견디다 못해 심통이 터져 어머니한테 대들기도 했다. 일단 심통이 터지면 나는 제정신이 아니었다. 머릿속까지 마비된 듯한 경직상태에서 말을 몹시 더듬곤 했는데, 한번은 몸에 걸친 러닝셔츠를 갈기갈기 찢으면서 실성한 듯 악성을 질러대어 도리어 어머니를 놀라게 한 적도 있었다. "죽어버릴 거야, 내가 먼저 죽어버릴 거야!" 어머니와 그런 식으로 다투거나, 다른 슬픈 일이 생길 때면, 나는 용두암 근처 바닷가로 달려가 바위틈에 웅크린 채 엉엉 실컷 울어버리곤 했다. 아무도 듣지 못하게 내 울음을 파도 소리 속에 흘려보내고 나면 마음이 개운해지곤 했다.

이러한 대결은 서로에게 아픈 상처를 주긴 했지만, 그 상처를 공유함으로써 모자간의 결속이 다져졌다. 나는 자주 인천으로 편지를 써 보냈다. 모든 걸 떨쳐버리고 어서 고향에 돌아오라고, 어머니가 날마다 울면서 집을 나가버리겠다고 하는데,

아버지가 돌아오지 않으면 정말 집을 나갈지도 모른다고……. 과장이 많고 거짓말도 섞인 매우 감상적인 글이었지만, 아버지를 감동시키기 위한 장치였기 때문에 그 과장과 거짓말은 나에게 더할 나위 없는 진실처럼 여겨졌다. 눈물이 헤픈 나인지라 눈물 몇 방울 편지지에 떨구어 잉크를 번지게 하는 것쯤은 일도 아니었다.

그렇다고, 내 편지가 그런 식의 눈물 젖은 하소연으로만 되어 있는 것은 아니고, 은근한 협박조의 말투도 들어 있었다. 세상의 아버지들은 때가 되면 장남을 두려워하게 마련 아닌가. 나는 내가 결코 만만한 존재가 아님을 과시할 필요가 있었다. 나는 공부를 좀 하는 나 자신을 사실 이상으로 부풀려 보였다. 내가 장학생인 것은 사실이었으나 그것이 마치 출세를 보장한 증서인 양 자랑했고, 있지도 않은 일, 예컨대 내가 주인공이 된 어떤 에피소드를 그럴듯하게 꾸며내기도 했다. 말하자면 나는 그 편지에 픽션을 쓰고 있었던 것이다. 사실의 나열보다 사실인 것처럼 꾸며낸 픽션이 더 감동적이라는 것을 나는 아마 그때 깨달았던 것 같다. 무심 무정한 아버지를 감동시킬 방법은 그것밖에 없었으니까.

「어머니와 어머니」가 씌어진 것도 바로 그러한 사정에서였다. 그러니까 그 작품이 곧 내 경험의 고백은 아니라는 말이다.

아버지에게 다른 여자가 생겼다는 사실은 나에게도 치욕이었으므로, 그 작품 속에 드러나지 않게 은폐되어 있었다. 작품의 분위기는 내 경험에 의한 것이었지만 이야기 자체는 지어낸 픽션이었다. 그래서 주인공 소년은 나 자신도 아니고 승언이도 아닌, 그 둘이 합쳐진 것에다 다른 무엇이 더 보태어진 제3의 인물이 되었다. 픽션의 이름으로 난생처음 만들어본 그 인물에다 내가 지어준 이름은 준이었다. 속눈썹 긴, 슬픈 눈매의 소년.

그렇게 아무 분수도 모르고 한 일이 그 후 내 인생을 좌우한 필생의 업이 될 줄이야. 승산 없는 싸움의 시작, 글쓰기 인생이란 아무리 애써도 이길 수 없는 싸움이 아닌가. 물론 후회하는 것은 아니지만 어쨌거나 나의 고달픈 글쓰기 인생은 바로 그 작품에서 출발한 것이다. 그리고 아버지의 일탈 행위가 없었다면 아예 그 작품이 존재하지도 않았을 것을 생각할 때, 무정한 아버지야말로 나를 이 길로 걸어가게 만든 장본인이었다. 더 정확히 말하면, 나의 글쓰기는 그 작품에 앞서, 부재중의 아버지를 향한 7년 가까운 편지 쓰기에서 비롯된 것이었다.

돌아온 산

한라산에 금족령이 풀려 사람들이 나무를 하러 다닐 수 있게 된 것은 휴전 이듬해, 내가 중1이었을 때였다. 죄수로 잡혀 있던 한라산이 7년 만에 마침내 결박을 풀고 사람들에게 돌아온 것이었다. 그전에는 한라산뿐만 아니라 그 아래 드넓게 펼쳐진 초원에도 발을 들여놓을 수가 없었는데, 이제는 초원에도 방목하는 마소들이 드문드문 나타나기 시작했고, 그 초원지대를 가로질러 산에 이르는 들길에도 땔감이나 집 지을 목재를 하러 다니는 사람들의 행렬이 이어지고 있었다.

지금 생각하면 처녀·총각들의 혼사도 그해에 많이 이루어졌던 것 같다. 7년 동안 거의 끊기다시피 했던 혼사들이 그해에 부쩍 성행하게 된 것은 전쟁이 끝나 많은 젊은이들이 귀향한 때문이었을 것이다. 군대 갔던 사촌형이 무사 귀환하여 결혼식을 올린 것도 그해였다. 육지에서 사귄 아리따운 신부를 맞아 기쁨에 넘쳐 있던 사촌형의 모습이 생각난다. 연미복을 날렵하게 떨쳐입고, 머리칼과 구두에 파리가 앉으면 미끄러져 떨어질 만큼 번들거리게 광을 올린 형은 환하게 웃을 때마다 온몸에서 빛이 발하는 듯 멋진 모습이었다.

나의 두 이모도 그 무렵에 재혼했다. 결혼 상대는 둘 다 육지 출신 피난민이었다. 그래서 나는 지금 두 이모의 재혼 건을 통해서 그 당시의 정황을 다소 짐작할 수 있다. 7년 세월이 흐른 그 무렵에야 4·3 과부의 통혼이 묵인되었고, 섬 출신의 수많은 남정네가 죽어버린 상황에서 결혼 상대는 육지 출신이라도 감지덕지일 수밖에 없었다는 사실 말이다.

어쨌거나 이제 4·3사건으로 인한 죽음의 계절은 끝이 났다. 죽음을 뚫고 솟구치는 생명의 부활, 엄청난 수의 인명 파괴에 맞먹는 종족 번식의 대공사가 바야흐로 벌어지고 있었던 것이다. 타버린 잿더미 속에서 새 생명의 푸른 불씨를 일궈내어 마침내 초토의 검은 땅을 푸르게 덮어야 했다.

이것과 관련해서 한 장면이 떠오른다. 그 무렵, 노형의 넛할머니 댁에 제사를 보러 갔다가 희한한 장면을 보았다. 아직 돌성에 갇혀 움막생활을 하고 있을 때였는데, 옆 움막에 사람들이 잔뜩 모여 있기에 처음에는 그 집도 제사인가 했다. 그런데 알고 보니 그것은 제사 때문이 아니라 아기 출산 때문이었다. 아낙네들이 움막 밖까지 잔뜩 모여 앉아 산모를 격려하면서 사뭇 진지한 표정이었다. 무슨 왕자의 탄생도 아닌데 왜 그랬을까? 아마도 아기 출산이 무엇보다 급선무일 정도로 그 집안은 4·3 때 희생이 컸음이 틀림없다.

해금의 기쁨에 들떠 있던 당시의 사회 분위기는 내 고향 노형리 주민들의 복구 활동에도 그대로 반영되었다. 건설부락이란 이름의 집단수용소가 폐지된 것도 그해였다. 말이 좋아 건설부락이지 실은 집단수용소였다. 토벌대의 초토화작전으로 중산간 마을들이 회진되고 숱한 인명이 희생될 때, 거기에서 용케 살아남은 사람들을 돌성 안에 가둬놓고 감시했는데, 그것이 이른바 건설부락이었다. 그러므로 진정한 의미의 재건은 건설부락들이 폐지된 이후부터 시작된 것이었다.

불타버린 제 집터로 돌아간 노형리 사람들은 수용소의 돌성을 허물어, 그 돌을 집 짓는 데 사용했고, 마침 금족령이 풀린 한라산에서 목재를 구했다. 성내에서 피난 생활을 하던 사람들도 많이 고향으로 돌아갔다. 제주읍이 제주시로 바뀐 것도 그 무렵이었다.

그러나 우리 식구는 고향으로 돌아가지 않았다. 이미 성내 사람이 되어버린 우리는 고향으로 돌아갈 엄두를 못 내고, 외갓집 울타리 안에다 터를 얻어 집을 짓기로 했다. 그 계획은 의외로 빨리 진행되었다. 그 무렵에 재혼한 이모의 남편이 마침 목수여서 우리에게 큰 도움이 되었다. 재건의 열기가 한창이던 그 시기에 목수라면 꽤 인기 있는 직업이었다. 어머니는 계에 들어 모아두었던 돈으로 기둥과 들보로 쓰일 큰 목재들을 사들였고, 서까랫감은 직접 한라산에 가서 해왔다. 어머니는 땔감을 하러 한라산에 가기도 했다. 보릿짚, 조짚 같은 검불만으로는 땔감이 부족했으니까.

사람들이 나무를 하러 한라산에 다니기 시작하자, 풀숲에 사라졌던 들길이 여기저기에 다시 나타나 해변과 한라산을 잇게 되었다. 학교를 쉬는 일요일이면, 나도 가끔 어머니를 따라 나무를 하러 다녔다. 한라산은 오랫동안 일반인의 발길이 끊겨 있던 곳이라, 마른 삭정이들이 지천으로 깔려 있었다. 거기 가서 나무를 해오려면 꼬박 하루가 걸렸는데, 그렇게 먼 길을 걸어본 것은 그때가 처음이었다.

한천교 근처에서 시작되는 그 들길을 생각하면 우선 떠오르는 것이 초입에서 얼마쯤 가면 발견되는 길가 밭의 똥통이다. 바람 센 겨울날이면 가끔 한내 근처 보리 싹이 파릇파릇한 동산밭에서 연싸움이 벌어지곤 했는데, 한번은 어떤 아이가 실 끊겨 날아가는 연을 쫓아간다고 하늘만 쳐다보며 달리다 그만 그 똥통에 빠져 죽을 뻔한 일이 있었다. 검고 걸죽한 내용물이 그득 담긴 그 똥구덩이에서 풍기는 냄새가 어찌나 독했던지, 그 옆에 가면 숨을 멈춘 채 후딱 지나치곤 했다. 그 들길을 따라 계속 올라가노라면, 경작지대가 끝나고 야산인 민오름과 남조순오름이 나타나는데, 오랫동안 출입 금지였던 초원지대가 거기서부터 시작되었다.

갈 수 없는 곳이었기에 두렵고 더욱 멀게 느껴지던 변경, 그 한라산에 나무를 하러 다니면서 아무래도 나는 이전과는 다른 생각을 하게 되었을 것이다. 해변에 국한되어 있던 나의 좁은 시야가 한라산 기슭에 와서 거의 무한대로 넓어졌을 때, 대초원과 바다와 하늘이 어울려 펼쳐놓은 그 광활한 공간은 어린 나에게 얼마나 경이로운 세계였을까? 그러나 그것은 또한 어쩔 수 없는 세계의 변경, 닫힌 공간이기도 했다. 해변에서 보면 늘 일직선이고 이마에 닿을 듯 가깝게 보이던 수평선이 한라산 기슭에서는 반원의 아름다운 곡선을 그으며 아득히 멀리 물러나 있었는데, 그러나 그 드넓은 해역 어느 구석에도 본토의 끝자락이 나타나 있지 않다는 것, 물에 막히고 물에 갇힌 섬이라는 사실을 실감으로 느꼈을 테고, 그래서 언젠가는 저 수평선을 뚫고 섬을 탈출하지 않으면 안 된다고 생각했을 것이다.

나무 마중

평일에 어머니가 나무를 하러 가면, 나는 학교가 파하는 대로 질빵을 챙겨 들고 나뭇짐 마중을 가곤 했다. 10리쯤 거슬러 올라가서 도중에 어머니를 만나 나뭇짐을 나눠서 지고 오는 일이었다. 어머니는 내가 마중 나올 줄 알고 짐을 무겁게 해서 짊어지기 때문에, 무슨 일이 있어도 빠져서는 안 되었다. 들길 따라 올라가다가 도중에 어머니를 만났을 때 그 기쁨이라니! 무거운 짐에 눌려 머리를 숙인 채 터벅터벅 걸어오는 어머니의 모습은 얼마나 고단해 보였던가. 어서 빨리 그 짐을 덜어드리려고, "어머니!" 하면서 내가 달려가고 그 소리에 어머니가 숙였던 머리를 쳐들며 환하게 웃을 때, 우리 모자간에는 집에서는 못 느꼈던 뜨거운 감정의 교류가 일어나곤 했다.

그런데 나의 들뜬 기분은 어머니의 고집 때문에 망가질 때도 있었다. 어머니는 쉴 참이 아니면 결코 짐을 부려놓지 않아 나를 신경질 나게 했다.

"이제랑 어서 짐 부립서게!"

"쉰 지 얼마 안 됐는데…… 쪼끔은 더 가야주."

"에이 씨이, 마중 나온 보람도 없이, 이거 무시거라(뭐야)!"

"야야, 신경질 부리지 말앙, 나뭇짐 뒤를 보라. 으름덩굴 걸려시니까, 그거나 먹으멍 따라오라."

"씨이, 내가 뭐 으름 먹으러 예까지 왔나. 나무 마중 왔주. 어서 빨랑 짐을 부리라니깐!"

한번은 마중 갔다가 서로 엇갈려 못 만난 적도 있었다. 중2 때의 일이었다. 그 들길이 외줄기로 뻗어 있어 엇갈릴 염려가 없는데도 그렇게 된 것은 그날따라 건초짐들이 떼몰려서 많이 내려왔기 때문이었다. 초원지대에 마소의 월동용 건초 수확이 한창일 때였다. 바싹 마른 풀이라 짐의 부피가 컸는데, 마차에 실린 것은 집채만 했고, 사람과 마소들도 둥그렇게 부피 큰 짐을 졌다. 그 큰 건초더미들이 길을 가득 메우고, 독한 풀 냄새를 씽씽 풍기면서 우쭐우쭐 내려오는 광경은 풍성한 가을의 이미지 그 자체였다. 그처럼 한라산의 개방은 거덜 났던 삶의 원상회복을 의미했다. 언제나 미흡했던 가을 추수, 이제 월동용 건초와 땔나무를 거둬들일 수 있었기에 가을 추수는 비로

소 풍족해진 것이었다.

늦가을이면 산과 들에 있던 것들이 월동하기 위해서 마을로 내려왔다. 들녘에 흩어져 일하던 인간들도, 방목 중인 마소도, 밭의 곡식, 초원의 건초, 산의 땔나무도, 말하자면 자연의 일부가 늦가을이 되면 긴 행렬을 이루어 그 길을 따라 마을로 내려오곤 했다.

그날 나는 그 풍성한 건초 행렬을 거슬러 올라가면서 거기에 끼여 있을 어머니의 나뭇짐을 찾아 두리번거렸다. 그 행렬은 꽤나 길게 이어졌는데 어찌된 일인지 어머니는 좀처럼 나타나지 않았다. 나와 함께 마중 나왔던 동네 아이들은 모두 제 식구를 만나 내려가버리고, 마침내 건초 행렬도 끝나 그 길 위에 나 혼자만 덩그렇게 남았다. 짐 진 사람들과 마소 마차들이 몰려가면서 일으키는 먼지와 소음이 저 아래로 멀어지자 음산하게 정적이 밀려왔다. 졸지에 낯선 상황에 놓여진 나는 정신이 얼떨떨했다. 주위의 정적이 은근히 두려워지기 시작했다. 두 야산의 그림자는 점점 커지고 더욱 깊어가는 정적 속에서 세차게 들려오는 풀숲의 벌레 울음소리. 그 속에서 나는 나 자신이 낯설게 느껴졌다. 혹시 어머니에게 무슨 일이 생긴 건 아닐까? 아무리 짐이 무거워도 이렇게 멀리 뒤처질 리가 없는데……. 혹시 다친 것은 아닐까? 설마, 그럴 리야. 아마 서로 못 보고 지나쳤겠지.

경작지대가 끝나고 초원지대가 시작되는 지점인 민오름 근처에 오자 나는 걸음을 멈출 수밖에 없었다. 해가 지평선 아래로 가라앉고 있었다. 두 야산 사이에 멈춰 선 채 나는 초원지대 한가운데로 뻗어 있는 그 들길을 응시하고 있었다. 초원지대에는 마지막 석양빛이 금빛으로 무르녹아 있었고, 바람에 일렁이는 야초의 물결 때문에 들길은 마치 살아 움직이는 생물인 듯 비현실적인 느낌을 주었다. 초원은 낮에도 혼자 걷기에는 아직은 두려운 곳이었다. 사태 때 숱한 인명이 희생된 곳이었다. 녹슨 탄피, 삭은 고무신, 흰 뼈들이 아직도 그대로 발견되고 있었다.

두 야산은 그늘이 점점 커지고 짙어지면서 초원보다 먼저 어두워지고 있었다. 나뭇짐 진 어머니는 종내 나타나지 않고 들길 위에 나 홀로 서 있던 그 시간, 점점 어둠이 짙어지는 두 야산은 화석처럼 검은 윤곽만 남긴 채 굳어지고, 그 사이 우뚝 선 나 또한 화석으로 변해버린 듯한 느낌이었다.

집

　외갓집 울타리 안에 우리 집이 세워진 것은 내가 중2 되던 해인 이듬해 봄이었다. 집 완성이 그렇게 늦어진 것은 늘 일이 바빴던 이모부의 사정 때문이었다. 이모부는 다른 집을 짓는 틈틈이 우리 일을 해주었던 것이다. 어머니가 사들인 목재 중에는 구호물자로 나온 미송처럼 새것도 있었지만, 기둥이나 들보로 쓰일 큰 목재는 거의가 중고였다. 사태 때 소각당한 마을에서 나온 것이 분명한 그 중고 목재들은 풍우의 때가 누렇게 올라 있었을 뿐만 아니라, 군데군데 불에 할퀸 자국도 거멓게 남아 있었다. 그런데 그 볼썽사나운 것들도 대팻날을 만나니까 검게 그슬린 옛 상흔을 벗고 희고 깨끗한 속살을 내보였다.

　상량하던 날, 나는 외할아버지가 시키는 대로 아버지를 대신해서, 대들보 아래 엎드려 성주신께 절을 했다. 외할아버지가 쓴 상량문과 함께 허공에 떠오른 집의 흰 뼈대를 바라보면서 내 마음은 얼마나 흐뭇했던지! 오랜 꿈이었던 '우리 집'이 현실로 눈앞에 나타났고, 장차 나는 그 집의 가장이 될 사람이었다.

집의 골격이 만들어지자, 그다음부터는 일의 진행이 빨라졌다. 특히 흙일할 때는 눈코 뜰 새 없이 몹시 바빴다. 동네 사람들도 부조로 흙 한 짐, 물 한 허벅씩 날라다 주었다. 마당 하나 가득 푸짐하게 쌓인 흙더미가 다 없어지는 데 아마 사나흘은 걸렸을 것이다. 그 사나흘 동안 일들이 어찌나 바삐 돌아갔던지 어린 나도 꽤나 애먹었다. 아마도 그때가 봄방학이었을 것이다. 흙 반죽을 만드는 것은 주로 내가 맡아 한 일이었다. 흙더미 한가운데에 물을 부어 연못을 만들어놓고, 거기에 정강이를 걷고 들어가 꾸적거리며 이리저리 휘젓고 다니기만 하면 되는 일이었다. 그러나 일이 단순하기는 했지만, 벗은 종아리와 발에 감기는 흙탕의 냉기는 정말 지긋지긋했다. 이른 봄이라 날씨가 아직 덜 풀려서 그랬다. 그래도 나는 잘 참아냈다. 아버지를 대신해서 성주님께 절을 올린 미래의 가장이니까.

그렇게 잘 참으며 일해나가던 내가 하루는 기온이 갑자기 뚝 떨어지는 바람에 그만 낭패를 당하고 말았다. 흙탕 속이 그렇게 못 견디게 차가우면 얼른 발을 빼고 나와버리면 될 텐데, 미련한 나는 발 시린 걸 참으며 계속 버티다가 결국 울음을 터뜨리고 만 것이었다. 그러한 나를 보고 외할아버지가 껄껄 웃으셨다. "저 녀석 성질머리 좀 봐."

그렇게 해서 마침내 흙내 물씬 나는 조그만 집 한 채가 지상에 솟아올랐다. '우리 집'이 생긴 것이다. 돈이 모자라 툇마루 놓는 일이 뒤로 미루어지고 방 두 개 중에 하나는 세를 놓을 수밖에 없었지만, '우리 집'이 생겼다는 것은 여간 큰 기쁨이 아니었다. 셋방 빌리는 처지에서 세를 놓는 처지로 바뀐 것만 따져도 비약적인 변화였다.

그 방 세입자는 나보다 서너 살 연상인 처녀들이었는데, 시골에서 올라와 양재학원을 다니는 중이었다. 그녀들과 나는 한 지붕 밑에 살면서도 별로 교분이 없었다. 무관심해서가 아니라 워낙 붙임성 없는 내 성격 탓이었다. 바로 근처에서 여성의 야릇한 체취가 솔솔 풍겨오는 것 같은데, 어찌 무관심할 수 있겠는가. 단지 안 그런 척 냉담을 가장하고 있을 뿐이었다. 그녀들도 말 없는 나를 어렵게 여겨 부득이한 일이 아니고는 말을 걸어오지 않았다. 그런데 어쩌다 말을 걸어올 때면 놀랍게도 존댓말이었다. 서너 살 위의 말만 한 처녀들로부터 존댓말을 듣다니 너무도 이상야릇했다. 저녁이면 마루 건너 그 방에서 들려오는 까르르 자지러지는 웃음소리에 내 마음은 늘 싱숭생숭했다.

아버지의 귀환

마침내 아버지가 돌아왔다. 그 귀향은 인천 생활이 거덜 났음을 뜻했다. 아마도 사업이 실패해서 빈털터리가 되지 않았던들 낙향할 결심을 하지 못했을 것이다. 그런데도 아버지는 마치 우리 오누이와 어머니가 보낸 편지의 하소연에 마지못해 돌아온 듯 사뭇 시큰둥한 태도였다.

아버지가 돌아온 것은 집 짓고 네댓 달쯤 지난 어느 여름날 저녁이었다. 우리 식구가 외할아버지네랑 마당에다 멍석 깔고 앉아 저녁밥을 먹고 있는데, 그 마당 안으로, 아버지가 아무 예고도 없이 불쑥 나타난 것이다. 아마 그 순간 내가 느낀 감정이란 반가움보다는 어떤 당혹스러움이었을 것이다. 제발 돌아와 달라고 애소의 편지를 썼던 내가 막상 아버지를 만나니, 마음이 편치 못했다. 마치 낯선 사람을 만나는 느낌이었다. 7년간의 세월이 아버지와 나 사이에 그런 틈을 만들어놓았던가 보다. 14세의 소년에게 7년이란 영원처럼 긴 시간이었고, 그래서 아버지의 부재는 영영 움직일 수 없는 사실처럼 내 마음속에 고착되어 있었다. 아버지한테 야단맞고 매 맞는 아이들을 보면서 아버지의 부재를 오히려 다행으로 여겼던 나였다. 그동안 어머니의 성화에 못 이겨 아버지에게 편지를 쓰곤 했지만, 늘 허공에 띄우는 것처럼 현실감이 없었고, 그래서 아버지의 귀향은 불가능한 것으로 여겨졌었다. 그러니까 나에게 아버지는 실체가 아닌 관념이었다. 그러한 아버지가 오랜 부재 상태를 깨뜨리고 드디어 내 앞에 실체를 드러낸 것이다. 그동안 아버지가 무엇인지 모른 채 지내왔으니 이제부터 그 실체를 톡톡히 체험하지 않으면 안 되었다.

돌아온 아버지는 낯설었을 뿐만 아니라 실망스럽게도 실패자의 모습이었다. 처음에는 가죽제품인 여행가방이 꽤 고급스러워 혹시나 했다. 그러나 어처구니없게도 내용물은 하나같이 초라한 것들뿐이었다. 얼마 후에는 그 가죽가방마저 팔아버렸는지 집에서 보이지 않았다. 단벌 신사, 그것도 제대로 된 것은 검정색 상의뿐이고, 하의는 물 뺀 군복 바지였다.

그렇게 해서 7년 동안 유예되었던 나의 아버지 체험은 그때부터 시작되었다. 불만투성이였던 열네 살의 소년, 유년은 지나갔으나 그 빈자리를 채울 새로운 자아의 내용이 아직 형성되지 않아 괴롭고 불만스러운 그 시기에 아버지의 갑작스런 출현은 나에게 어차피 적대적일 수밖에 없었나 보다.

물론 처음에는 아버지라는 새로운 조건에 순응해보려고 애써보기도 했다. 아버지와 한방을 쓰고 한이불을 덮고 자야 했던 나로서는 싫든 좋든 적응해내지 않으면 안 되었다. 나중에는 습관이 되어 지겹게 오랫동안 계속하지 않으면 안 되었던 발 안마도 그때 내가 자청해서 시작한 것이었다. 나는 아버지의 발치에 머리를 두고 잠을 잤기 때문에 코끝에 닿는 그 발에 우선 적응하는 것이 중요했다. 다행히 아버지는 취침 전에 발을 반드시 씻었기 때문에 역한 냄새는 나지 않았다. 아니 그보다는 나에게 발 안마를 시키기 위해서 발을 씻었다는 말이 옳을 것이다. 초등학교 3학년 때 눈먼 피난민 아이한테 배운 안마 솜씨를 한번 제대로 써먹은 셈인데, 까다로운 성격의 아버지도 나의 안마 솜씨만은 인정해주었다. 나한테 발 안마를 받으면 잠이 잘 온다고 했다.

그랬다. 아버지는 악몽에 시달리는 일이 자주 있었다. 한밤중 느닷없이 터져 나오는 가위눌림의 외침 소리를 나는 얼마나 지긋지긋하게 여겼던가. 아버지의 꿈자리에 자주 출몰하는 그 악몽들은 물론 전쟁이 남긴 후유증이었다. 그러나 가슴속 상처를 위로해줄 사람은 아무도 없었다.

전쟁이 평화를 짓밟는 데 냉혹하다면, 평화 또한 그만큼 냉혹해서 전쟁의 기억·상처를 빠르게 잊어버린다. 아내도 자식도 그 아픔을 알려고 들지 않는다. 아픈 과거는 될 수 있는 한 빨리 잊는 게 상책인 것이다. 거기에 너무 오래 붙들려 있으면 사회의 낙오자가 될 뿐인데, 아버지가 그런 경우였다. 이미 끝난 전쟁이 당신의 무의식 속에서는 여전히 진행 중이었다. 우리 식구는 아버지의 군대식 언동에 늘 기죽어 지내야 했고, 특히 한밤중 터지는 악몽 속의 절규를 들을 때면 흡사 집안에 재난이 덮친 것처럼 마음이 심란했다.

그러한 아버지가 우연히 내가 해드린 발 안마에서 수면제 효과를 발견했던 것인데, 그때부터 나는 잠잘 시간만 되면 싫어도 그 일을 하지 않으면 안 되었다. 즐거운 마음으로 자청해서 한 일이 결국 나를 구속하는 질곡이 되어버렸다. 물론 아버지를 도와드린다는 보람은 있었다.

아버지는 늘 양말을 신었기 때문에 발이 희었다. 햇볕에 검게 그을린 농사꾼 발에 익숙한 나로서는 그 흰 발이 매우 이물스러웠는데, 감촉도 서늘하고 축축해서 흡사 음지의 버섯을 만지는 느낌이었다. 여러 해 전쟁터를 헤매 다닌 고난의 발이었다. 한여름에도 섬뜩하게 느껴지던 냉기, 지금 생각하면 아버지는 무심한 아내 대신 어린 장남의 손을 빌려 그 냉기를 조금이라도 녹여보려고 했던 것이다. 그러니까 내 손이 조물락거리며 만진 것은 아버지의 슬픔이었다. 그 누구도 달랠 수 없는 그 슬픔은, 여러 해 만에 만난 조강지처도 위안이 되지 못했다. 고향에 돌아온 당신은 처음부터 어머니와 딴 방을 써 별거하지 않았던가. 아내 대신 아들과 함께 한이불을 덮고 자는 아버지의 슬픔 속에는 인천 여자와 이별해야 했던 고통도 섞여 있었을 것이다. 그러나 나는 (어머니도 마찬가지였지만) 그러한 아버지의 내면을 이해할 수도 없었고 이해하려고도 하지 않았다. 단지 아버지는 두려움의 대상일 뿐이었다. 일단 시작한 발 안마를 그만둘 수 없었던 것도 그 두려움 때문이었다.

아버지가 얻은 첫 일자리는 군청의 임시직 서기였다. 비록 임시직이었지만 몇 달 안에 정식으로 서기 발령을 받을 것으로 약조되어 있었다. 전후의 극심한 구직난 속에서 그만한 직장이라면 정말 감지덕지였다. 새로 맞춘 양복을 입고 출근하는 아버지의 모습을 보면서 나는 가슴이 뿌듯했다. '돈 벌어오는 가장'의 존재를 우리 식구는 얼마나 소망해왔던가. 농경시대의 연장이나 다름없는 그 당시에 월급을 받는 사람은 귀족이나 다름없었고, 그중에도 공무원이 가장 인기가 좋았다. 그런데 우리 식구의 그러한 기대를 저버리고 아버지는 한 달도 못 채우고 그 직장을 박차고 나와버렸다. 더 나은 일자리가 있어서도 아니고 단지 공무원 생활이 비위에 안 맞는다는 것이 직장을 그만둔 이유였다. 주어진 일만 하면 다달이 월급이 나오는 그 좋은 일자리를 마다하고 나와버린 아버지에 대해서 나는 여간 실망이 아니었다. 물론 아버지로서는 나름의 계획이 있었고 35세의 청년답게 미래에 대한 자신감도 있었을 것이다. 그런데 직장 나와 맨 처음 시작한 것이 어이없게도 돼지치기였다.

제 새끼를 잡아먹은 암퇘지

집집마다 측간에 돼지를 키우는 것이 그 고장 풍습이라고 앞에서 말한 바 있지만, 우리 식구도 집을 마련한 후부터는 돼지를 칠 수 있었다. 내 똥으로 내 돼지를 키울 수 있게 되니까 미상불 똥 누는 것도 보람차고 기분이 좋았다. 새끼 돼지를 한 마리 사다 키우기 시작했는데, 그 조그만 것이 어찌나 귀엽게 보이던지, 동네 친구 집에서 놀다가 똥이 마려우면 그 집 측간에다 허비하지 않고 우리 집까지 와서 돼지를 먹였다. 그러니까 제 집을 갖고 있으면, 으레 돼지 한 마리쯤은 키우게 마련인데, 아버지는 그것 외에 이웃집 측간까지 빌려서 돼지 한 마리를 더 키웠다. 측간을 빌려준 집은 트럭 운전수 김 씨네였다. 김 씨네는 이북 피난민 출신이어서 측간에서 돼지 먹이는 일에 익숙하지 못했다.

그러나 아버지는 그 집의 측간에다 돼지만 사다 놓았을 뿐 그것을 돌보는 것은 우리 오누이의 몫이었다. 어머니는 여전히 농사일에 바빴고, 아버지는 아버지대로 다른 할 일이 있어서 출타 중일 때가 많았다. 밖에서 아버지가 하는 일들이 무엇인지 잘 알지는 못했지만 궂은일도 마다 않고 닥치는 대로 하는 모양이었다. 소 거간꾼으로 시골로 다니는가 하면 심지어는 남의 집 지붕 이엉을 이는 일꾼 노릇도 했다. 그 당시에는 시내 중심에도 초가집들이 대부분이었는데, 농사를 안 짓는 집에서 지붕 이엉을 새로 하려면 삯꾼을 불러야 했다. 책을 빌리려 김 선생 댁을 찾아간 어느 날, 나는 그 집의 지붕을 이는 일꾼들 중에서 아버지를 발견하고 몹시 놀랐다. 아버지가 그런 일도 한다는 걸 그때 처음 알았다. 뜻밖의 장소에서 나를 만난 아버지는 찡긋하고 어색한 웃음을 지어 보였을 뿐 아무 말도 하지 않았다. 이 집에 왜 왔느냐는 물음도 이 집은 우리 국어 선생님 댁이라는 대답도 서로 간에 오고 가지 않았다.

아버지는 사업자금을 마련하기 위해서 그렇게 이것저것 가리지 않고 일했다. 그런데 이상하게도 그렇게 부지런을 떨었건만 영 돈이 모이지 않았다. 안 되는 일만 골라서 한 헛부지런이었다. 그런 아버지를 두고 '골체(삼태기)부지런'이라고 하면서 어머니가 흉보았다. 차라리 게으름뱅이였다면 그러려니 하고 내 마음도 편했을 것이다. 아무래도 무슨 액이 낀 것 같았다.

우리 오누이도 아버지의 헛부지런에 한바탕 놀아났는데, 그것이 바로 돼지치기였다. 돼지 먹이는 인분만으로는 모자라서, 나는 동생과 번갈아가며 하루에 두 번씩 보릿겨 같은 사료를 주었다. 돼지에게는 고형사료도 필요하다고 하면서, 아버지는 우리에게 갯가의 파래나 배추밭에 버려진 겉잎 같은 것들을 거둬오게 하였다. 고형사료, 이 단어를 나는 그때 아버지로부터 들었지만, 그것의 정확한 뜻은 아직도 모른다. 그 단어가 무슨 뜻이냐고 물어보지도 않았다. 아니 묻고 싶지 않았다. 그때 이미 아버지를 향한 내 마음은 굳게 닫혀 있었다. 돼지 한두 마리 키우는 데 무슨 그따위 유식한 용어가 필요하단 말인가. 누가 농업학교 출신이 아니랄까 봐서? 농업학교 출신이 아니 육군 예비역 대위가 남부끄럽지도 않아서 돼지치기인가. 내 마음이 굳어진 것은 그러한 불만 때문이었다. 그 시절이 지난 후에도 아버지의 실패를 생각하면 실패의 상징처럼 '고형사료'라는 단어가 떠오르곤 했다.

돼지치기는 결국 실패로 끝나고 말았다. 망친 것은 이웃집 측간을 빌려 키운 암돼지였다. 젖을 갓 뗀 새끼 돼지가 다 커서 어미가 될 때까지(중3 때까지) 거의 1년 동안 공들여 쌓은 탑이 하루아침에 와르르 무너지고 만 것이다.

그 암퇘지가 해산하던 날도 아마 비가 내렸을 것이다. 연일 내린 장맛비에 측간에 물이 홍건하게 고였는데, 그 물이 혹시 돼지막으로 흘러들까 봐 아버지는 마른 보릿짚을 잔뜩 집어넣고도 안심이 안 되어 전전긍긍하고 있었다. 그렇게 해산 시간을 기다리던 아버지는 어느 순간 돼지막 입구 쪽에 갓 태어난 새끼 한 마리가 꼬물거리는 것이 눈에 띄자, 옳다구나 하고 안심했던 모양이다. 아무 의심도 않고 부엌에 들어가서, 어미 돼지에게 젖 잘 나오라고 먹일 모자반 국을 한솥 끓였다. 암퇘지가 해산하면 적어도 새끼 대여섯 마리는 나오게 마련이었다. 돼지막 안이 어두워서 보이지 않았지만 드러누운 어미 돼지의 젖줄에 대여섯 마리의 새끼들이 줄줄이 매달려 있을 것이라고 아버지는 믿어 의심치 않았다.

그러나 나타난 결과는 참담한 실패였다. 어미 돼지가 제 새끼들을 낳자마자 잡아먹은 그 흔치 않은 불상사가 바로 우리 집에서 발생한 것이었다. 마지막으로 하나 남아 아버지의 눈에 띄었던 그 새끼 돼지도 하루 뒤에는 어미의 아가리로 들어가버렸는지 보이지 않았다. 돼지는 해산할 때 부정을 타면 제 새끼들을 잡아먹는다고 했다. 그래서 그때가 되면 아무리 궁금해도 돼지막 안을 들여다봐선 안 되고 그 옆에서 시끄럽게 굴어서도 안 되었다. 너무도 잘 아는 금기이기 때문에 그것을 어길 사람은 우리 식구 중에 아무도 없었다. 도대체 부정 탈 만한 까닭이 없는데, 어째서 그런 해괴한 일이 벌어졌을까? 글쎄, 돼지가 부정을 타 제 새끼들을 잡아먹는다는 것을 과학적으로 풀이한다면 어떤 뜻일까? 새끼들이 너무 약하게 태어났거나, 태어난 환경이 너무 열악하여 더 이상 살아갈 가망이 없다고 판단해서 잡아먹는 것은 아닐까? 나중에 돼지막 안을 들여다보니까 그렇게 보릿짚을 많이 넣어주었는데도 물이 많이 흘러들어 바닥이 질척하게 젖어 있었다.

그런 불길한 일이 우리 집에서 발생했으니 기분이 좋을 리 없었다. 중3 말 졸업 기념으로 공연한 연극 〈맥베스〉에서 세 마녀가 마술의 솥에 온갖 끔찍한 흉물들을 집어넣어 지독한 잡탕을 끓일 때, 그 끔찍한 것들의 목록 중에 '제 새끼를 잡아먹은 암퇘지의 피'가 들어 있는 걸 보고 얼마나 기분이 나빴는지 모른다.

어쨌거나 1년 넘게 공들인 일이 그렇게 허무하게 끝나고 말았으니, 아버지는 여간 실망한 게 아니었다. 그러나 아버지는 당신이 벌인 일로 인한 식구들의 실망을 조금도 고려하지 않았다. 크게 상심한 끝에 그 마귀 같은 암퇘지를 시장에 내다 팔아버린 아버지는 그 돈을 반만 놓고 가라는 어머니의 하소연도 일축한 채 모조리 노름판에 탕진해버렸다.

그렇게 해서, 아버지는 도무지 어찌해볼 도리가 없는 실패자의 모습으로 내 마음에 자리잡게 되었다. 실패만 거듭하는 아버지는 운수가 나쁘다기보다는 액이나 마가 끼어든 것 같았다.

책

나는 아버지가 미웠다. 하기는 미움의 대상이 필요한 시기이기도 했다. 사춘기 초입에 들어서 있는 소년의 내면에서 급격한 변화가 한창 일어나고 있는 중이었다. 탄생하고자 꿈틀거리는 새로운 자아, 타자와 확연히 구별되는 존재로서의 자아가 형성되기 위해선 그 타자와 대립하지 않으면 안 되는데 아버지야말로 나에게 최초의 타자였던 것이다. 나는 나 자신이 느껴졌다. 아니, 느껴지는 정도가 아니라 압도적인 무게로 나를 짓눌렀다. 나 자신이 느껴짐에 따라 야릇하게도 친숙했던 주위의 사물들이 낯설게 보이기 시작했다. 아버지뿐만 아니라 어머니도 대상화되어 저만큼 멀게 느껴졌다. 나는 오직 나만을 생각하고 있었다. 오직 나만이 중요했고 나만이 진실이었다. 실재하는 것은 오직 나 혼자이고, 내 주위의 모든 대상물들은 허구일 뿐이었다. 이 세계의 정석(定石)은 나이므로 내가 빠지면 그와 함께 이 세계도 허물어져버릴 것 같았다. 무대에서만 움직이는 인형극의 인형들처럼 사람들도 내 시야 안에서만 말하고 움직일 뿐, 내 시야를 벗어나면 그 즉시 무대 밖의 인형들처럼 동작을 멈추고 축 늘어져버리는 것이 아닐까 하는 생각, 말하자면 내가 없는 장소에선 어떤 일도 일어날 수 없다는 망상에 나는 사로잡혀 있었던 것이다.

그러나 그러한 망상은 너무도 허약한 것이어서 존재의 유한성에 대한 고통스런 자각이 문득문득 찾아들 때마다 무참히 깨져버리곤 했다. 중3짜리의 어린 가슴을 유린하던 그 예리한 고통의 감각을 나는 지금도 기억하고 있다. 무사한 일상의 예기치 않은 어느 순간에 번쩍하는 섬광과 같이 급습해서 영혼의 한복판을 꿰뚫어버릴 때의 그 숨막힐 것만 같은 고통이라니! 그래서 나는 버림받은 아이처럼 우울할 때가 많았다. 물론 누구도 나를 버린 게 아니었다. 오히려 내가 그들을 멀리했다.

마음이 울적할 때면 혼자 바닷가에서 밀려오는 파도를 망연히 바라보거나, 하늘에 떠다니는 구름에 마음을 주곤 했다. 난생처음 무단결석도 하루 해보았다. 책가방을 바위틈에 숨기고 용두암에서 도두봉에 이르는 해변길을 하루 종일 배회했는데, 아마도 그날 나는, 내가 빠졌음에도 아무 탈 없이 학교 수업이 진행되고 있는 것을 보고 마음이 더욱 울적했을 것이다. 내가 없는 장소에서도 무슨 일이든 일어날 수 있었고, 그것은 내가 죽은 다음에도 세상은 아무 탈 없이 잘 돌아간다는 것을 뜻했으니까. 그때가 중3이었다고 짐작하는 것은 제주대 주최의 백일장에 참가하여 「나」라는 제목의 글을 쓴 것이 그 무렵이었기 때문이다. 용케 장원을 한 그 글에서 다른 내용은 잊었지만, 내가 태어나기 전의 무한 암흑과 내가 죽은 후의 무한 암흑의 두려움에 대해서 쓴 것만은 기억에 남아 있다.

이러한 나의 우울한 내면 풍경은 아마도 독서에 의해 더욱 조장되었을 것이다. 나는 닥치는 대로 책을 구해서 읽었다. 그 무렵 나는 소년소설 혹은 대중소설의 세계를 벗어나 이른바 본격문학이란 것에 입맛 들리고 있었다. 고맙게도 국어 담당 김 선생 댁의 서가는 언제나 우리들에게 개방되어 있었다. 여기서 '우리들'이라 함은 학교를 대표해서 여기저기 백일장에 참가하는 문예 선수들을 말함인데, 그중에 내가 가장 충실한 문객이었다. 이상, 김유정, 황순원, 김동리, 안수길, 오영수 등의 작품집들은 물론, 그 무렵에 창간한 문예지 『현대문학』도 매달 꼬박꼬박 빌려다 읽었다.

문학책을 읽다 보면 이해하기 어려운 대목들이 적지 않았지만, 그래도 분위기 느낌만은 강한 색조로 가슴에 와 닿곤 했다.

황순원의 장편 『별과 같이 살다』를 읽다가 곰례의 속곳에 떨어진 핏자국에 얼마나 놀랐던지! 누가 가르쳐준 적도 없고 그 글에도 별 설명이 없었지만, 나는 남성의 본능으로 그것이 초경의 핏자국이라는 걸 깨달았던 것이다. 나는 특히 이상을 좋아했는데, 그의 어느 글에 나오는 '각혈'은 내가 한 번도 본 적이 없는 종류의 피를 지칭하는 단어인데도 몹시 충격적이었다.

  책읽기는 우울한 나의 침묵에 잘 어울렸다. 나는 말을 잘 안 하는 대신 그 침묵을 책읽기로 채웠다. 책을 읽고 나면 좋은 말상대를 만나 한참 다변스럽게 얘기를 주고받은 것 같은 흐뭇함이 느껴졌다. 책들은 나에게 까닭 없는 슬픔, 이른바 '고독'이란 걸 가르쳐주기도 했다. 슬퍼할 일도 없는데 공연히 허무해져서 눈물을 글썽거릴 때가 종종 있었고, 그런 눈물일수록 감미롭게 느껴졌다. 나의 미래는 그다지 행복할 것 같지가 않았다. 나의 우울이 그렇게 만들 것만 같았다. 가난한 글쟁이, 막연하지만 그것이 나의 미래일 것으로 생각되었다. 꼭 문학은 아니더라도 어떤 식으로든 글 쓰는 사람이 되고 싶었다.

  나는 특히 요절한 천재 이상과 김유정을 좋아해서, 내 식구들보다 그들이 더 가까운 혈연처럼 느껴졌다. 그 두 작가를 얼마나 흠모했으면 그들이 앓았던 폐병까지 부러웠을까? 그들을 요절하게 만든 폐병이 마치 빛나는 면류관처럼 느껴져 나도 그 병을 앓고 싶을 지경이었다. 각혈(咯血), 하얀 가제 손수건에 뱉어진 빨간 피, 아름다운 꽃.

요절

 그러나 현실은 그게 아니었다. 몽상 속의 그 폐병이 눈앞의 현실로 나타났다. 나의 우상 신석이 형이 그 병에 쓰러지고 만 것이었다. 내가 중3이던 그해에 사범학교를 졸업하고서 시내 모 초등학교에 취직한 그는 학비를 벌기 위해 딱 1년만 훈장 노릇을 할 작정이라고 하면서 여전히 대학 진학의 꿈에 부풀어 있던 참이었다. 운동으로 단련된 그 강건한 육체 속에 죽음의 싹이 자라고 있을 줄이야. 당시만 해도 폐결핵은 거의 불치에 가까운 병이었다.

 신석이 형이 세상을 뜬 것은 그해 여름이었다. 그는 고향에 돌아가서 임종했는데, 그의 모친이 셋방살림을 청산하러 다시 왔을 때에야 나는 그 사실을 알았다. 시내 셋방살이는 아들의 죽음으로 더 이상 의미가 없게 되어버린 것이다. 이삿짐을 챙기고 고향으로 떠나기 전인데, 어느 날 나는 용두암 아래로 해수욕하러 갔다가 샘물통에 발을 담그고 멍하니 앉아 있는 그녀를 보았다.

 그 샘물통은 남자 전용이라 평소에는 여자들이 출입하지 않는 곳이었다. 그 시간이 마침 한낮이어서, 샘물통을 찾는 욕객은 없었다. 그 샘물에 냉수욕을 즐기는 젊은이들은 대개 이른 아침이나 하루 일과가 끝나는 저녁 시간을 이용했다. 나 같은 아이들은 바닷물에 해수욕을 하고 나서 몸을 헹굴 때만 그 물을 이용할 뿐인데, 청년들은 해수욕보다 오히려 그 차가운 샘물에서 냉수욕하기를 더 즐겼다. 차가운 샘물로 다스리는 그 심신단련법에는 무작정 끓어오르는 젊음의 뜨거운 춘정을 냉각시키는 효과도 있었다. 그들은 사타구니를 드러낸 채 발가벗고 목욕하다가, 저쪽 높은 벼랑 위의 해변길로 젊은 여자들이 지나가면, 추위에 움츠러든 성기를 손으로 잡아 늘리면서 발정난 수말들처럼 한바탕 기성을 질러대곤 했다. 그것은 흔히 볼 수 있는 샘물통의 풍속이어서 망측스럽다는 느낌은 전혀 없었다. 외설이라기보다는 경쾌한 익살이었다.

 신석이 형도 그 익살맞고 경쾌한 젊은이들 중의 한 사람이었다. 샘물통에서 발가벗었을 때, 근육질의 그 몸매는 얼마나 강하고 아름답게 보였던가. 그런데 그 몸속에 싱싱한 과육 속의 벌레처럼 치명적인 병균이 숨어 있었던 것이다. 그 아름다운 육체를 더 이상 볼 수 없게 된 그 샘물통에, 어느 날 그 어머니가 아들의 잔영을 찾으러 가 있었던 것이다.

얼른 인사만 하고 지나치려는 나를 그녀가 날카로운 목소리로 불러 세웠다.

"요 아이야, 이리 와보라. 슬슬 피하지만 말고. 다 늙은 할망인데, 남자 물통에 좀 있다고 그렇게 숭이 되느냐? 우리 신석이 생전에 놀던 곳이라, 한번 와본 건데……."

물속에 발을 담근 채 말없이 앉아 있는 그녀 앞으로 나는 꾸중 듣는 아이처럼 무거운 마음으로 다가갔다. 나는 아직까지 위로의 말을 한마디도 전하지 못한 터라 그 앞에 서기가 두려웠다.

"마침 잘 만났져. 그리 안해도 느한테 할 말이 있던 차에……."

뭔가 중요한 일이 있다는 듯한 표정이었다. 뭘까? 난 그저 어린아이일 뿐인데, 위로의 말도 할 줄 모르는 어린아이일 뿐인데…… 나한테 중요하게 할 말이 뭘까? 혹시 나를 붙잡고 슬픈 넋두리라도 풀어놓으면 어쩌나.

"우리 신석이가 쓰던 책상과 걸상, 그걸 느한테 물려주젠 하는데, 느 생각은 어떠냐?"

귀가 번쩍 뜨였다. 앉은뱅이책상도 없어서 행주 냄새 시큼한 밥상에서 공부하는 터에, 걸상 딸린 긴 다리 책상을 주겠다니.

"아니, 무사 대답 안 햄시니? 싫으냐?"

"아니, 그게 아니고예, 너무 고마워서 마씸. 정말 고맙수다."

"그러면 이따 저냑에 우리 집에 왕 가져가거라. 그 책상과 걸상은 그 아이가 직접 맹근 거주. 목공소에서 재료만 사다가…… 아주 튼튼하게 잘 맹글었어."

그 형의 목공 솜씨를 잘 알고 있는 나는 때를 놓치지 않고 얼른 한마디 거든다.

"예, 맞수다. 나도 그 책상을 봤수다. 참 잘 맹글어서 마씸. 평행봉은 또 얼마나 잘 맹글었수과."

이렇게 별로 자신 없이 해본 말이 뜻밖에 효력을 일으켜 흐릿하던 그녀의 눈에 반짝하고 생기가 돌아왔다.

"오, 느가 잘 아는구나, 우리 신석이를! 그 아이는 평행봉운동도 잘했주."

"맞수다. 신석이 형은 못하는 게 없어서 마씸. 못하는 게 없이 만능이었수다. 다른 형들은 공부를 잘하면 운동을 못하는데예, 신석이 형은 공부도 잘하고 운동도 잘하고, 우리한테 최고 인기였습주."

아, 하고 그녀의 입에서 기쁨의 탄성이 새어 나왔다.

"그 아인 효심도 많았다. 이 늙은 어미한테 얼마나 잘해주었는지……."

"신석이 형은예, 눈이 펄펄 내리는 겨울에도 이 물통에서 발가벗고 냉수마찰 했수다. 빨개진 몸에서 흰 김이 막 피어나고예. 우린 옆에서 보기만 해도 추워서 옷 입은 채 덜덜 떠는데, 신석이 형은 까딱도 않았수다. 까딱도 않고 떠억 버티고 서서 저 바다를 향해, 열중 쉬엇! 차렷! 하고 우렁차게 구령을 질렀수게. 정말 멋졌주 마씸. 완전 장군감이었습주."

"그래, 그래 느가 잘 아는구나, 우리 신석이를!"

그녀의 눈에 눈물이 그득해졌다. 슬픔이 아닌 기쁨의 눈물. 나는 그제야 애도의 말을 제대로 했음을 깨닫고 마음이 흐뭇해졌다.

그래, 추운 겨울날 그 샘물통에서 목욕하던 그의 발가벗은 몸을 나는 기억하고 있다. 수건으로 문질러 빨개진 살갗에 뽀얀 김이 서려 있던 그 근육질의 알몸, 그러한 모습으로 버티고 서서 바다를 향해 힘차게 구령을 지르면, 멀리 퍼지는 그 목소리와 함께 바다는 더 넓어지고, 밀려오는 파도들은 그 구령에 복종하여 발밑에 무릎을 꿇는 것처럼 보였다. 그러나 흰 갈기를 날리며 뗏말처럼 달려오는 그 파도들 속에서 그를 태울 백마는 끝내 솟구쳐 오르지 않았다. 힘과 아름다움의 절정에서 쓰러져버린 그 청년, 그의 장한 모습은 전설 속의 인물과 결부되어 내 마음속에 아로새겨져 있다.

'젊은 베르테르의 슬픔'

나는 신석이 형의 책상을 물려받았다. 그렇다고 그가 못 이룬 꿈까지 물려받은 것은 아니었다. 이미 나의 꿈은 그와는 다른 방향으로 가지를 틀고 있어서, 문학을 생각하는 나는 신석이 형을 끝으로 더 이상 근육질의 남성상을 좋아하지 않게 되었다. 근육질의 체격, 호연지기, 남아의 기개니 하는 것들은 이제 나에게 혐오스러운 단어에 불과했다. 문학을 하기 위해서는 어쩐지 여성적이어야 할 것 같았다. 남성적인 활기 대신에 여성적인 우수, 그리고 완전한 건강보다는 어딘가 병들어 있는 파리한 낯빛의 반건강 상태야말로 문학의 필요조건인 것 같았다. 물론 그것은 신체적인 병은 아니었다. 내가 이상을 좋아하고, 그가 앓은 폐병도 근사해 보였지만, 나 자신이 그 병을 앓는다는 것은 상상도 못할 일이었다. 신석이 형이 쓰던 책상과

의자를 물려받았을 때, 나는 거기에 혹시 폐결핵균이 묻어 있을까 봐서 여러 번 비눗물로 씻어 내렸다. 그러니까 내가 생각한 병은 정신적인 것이었다. 이상의 작품들에 나타난 야릇한 정신적 일탈 상태, 그러한 것이 나에게도 생기기를 바랐다. 글을 쓰려면 모름지기 그래야만 할 것 같았다. 나에게 이상이란 이름은 그 자체가 심리적 이상 상태를 뜻했다.

마음속 깊은 곳에서 뭔지 알 수 없는 야릇한 욕망·슬픔·갈등이 끓어오르고 있었다. 그것들은 아직도 생성 중이어서 구체적인 형태를 띠고 있지는 않았다. 아직 실체가 드러나지 않은 막연한 관념에 불과했지만, 그것들은 질풍노도의 전조처럼 벌써 내 마음을 떨게 했다.

나는 일부러 우울한 표정을 꾸며 가면처럼 얼굴에 쓰고 다니기 시작했다. 그러니까 사춘기 열병을 본격적으로 앓기도 전에 벌써 나는 괴로워하는 시늉부터 배우기 시작한 것이다. 자신도 모르게 문득문득 우울해지는 버릇이 전부터 있어온 터라, 그러한 가면을 만들기는 그리 어렵지 않았다. 물론 나 자신은 그것이 흉내가 아니라 진심에서 우러난 사고·행동이라고 생각했다.

이상이나 『사랑과 인식의 출발』의 저자, 또는 소설 속의 젊은 주인공들처럼 상처받은 영혼들을 책 속에서 만날 때마다,

나는 그들의 고민하는 모습을 모방하고 싶어 안달하곤 했다. 그러나 고뇌하는 자를 흉내 내기에는 나는 잠이 너무 많았다. 고뇌하는 자가 잠꾸러기라니 도대체 가당찮았다. 고뇌 속에 밤을 '하얗게' 지새우는 소설 속의 젊은 주인공들, 그리고 그들이 쟁취한 불면의 밤들을 나는 얼마나 부러워했었나. 소설을 밤새워 읽으면서 주인공들이 겪는 절실한 슬픔과 고통을 함께하고 싶었지만, 그 시도가 단 한 번도 성공해본 적이 없었다. 이야기에 몰입하여 눈물을 짓다가도 자정이 가까워지면 막무가내로 쏟아지는 졸음에 꾸벅거리기 일쑤였다. 신석이 형이 물려준 책상에 앉아 책을 읽는 나는 꿈을 이루지 못하고 요절한 그 형의 슬픔도 함께 생각해보았지만 그 무정한 잠을 물리칠 수가 없었다.

자정의 그 철벽을 무너뜨리기 위해 몇 번 비상수단도 써보았다. 졸음이 오기 시작하는 밤 11시쯤 나는 석유 남폿불을 끄고, 그 대신에 미리 준비해둔 양초에 불을 붙여 책상 위에 세운다. 촛불이 다 탈 때까지 절대로 잠들지 말아야지. 그것도 못 미더워 식칼까지 그 옆에 갖다놓는다. 수마가 식칼 보고 무서워서 달아나게 말이다. 그렇게 사뭇 극적으로 꾸며진 분위기는 자못 비장하여, 그런 상태라면 잠자지 않고 버틸 수 있을 것 같다. 촛불 한 자루 다 탈 때까지 버티지 못하면 정말 바보 병신 머저리다. 나는 연신 호흡을 긴장시키면서 소설 속의 베르테르(혹은 제롬)의 일거수일투족을 좇아간다. 드디어 눈물을 흘려야 할 슬픈 대목에 이르고, 나는 가슴이 미어질 듯한 슬픔에 책을 덮고 촛불을 응시한다. 촛불이 슬픈 눈물을 흘린다. 그것을 바라보는 내 눈에도 어느덧 눈물이 넘쳐흐른다. 이때를 놓칠세라 얼른 손거울을 꺼내 자신의 얼굴을 비추어본다. 촛불의 스포트라이트를 받고 어둠 속에 부각된 그 얼굴은 나 자신의 것이 아닌 양 아름답기조차 하다. 그럴듯하게 연출된 고뇌의 모습, 괴로워 눈물 흘리는 베르테르가 저 거울 속에 있다.

그러나 아 슬프다, 아 괴롭다, 하며 시늉을 해도 가짜 눈물 가짜 고뇌로는 밤을 샐 수는 없는 노릇, 자정이 가까워지자 나는 쏟아지는 졸음을 이기지 못하여, 두 눈에 그렁그렁 눈물을 매단 채 책상에 엎드려 잠에 곯아떨어지곤 했던 것이다.

여학생

　내가 다니던 중학교 근처에 여학교가 있어서 등하굣길에 흔히 여학생들을 볼 수 있었는데, 처음에는 단지 곤색 스커트들로만 존재하던 그들이 여성적인 매력으로 내 마음을 사로잡기 시작한 것도 그 무렵이었다. 교복 속에서 부풀어 오르고 있는 여성적 몸의 특징들이 내 눈에 띄기 시작한 것이다. 나는 내 또래의 여중생들보다는 신체 발달이 뚜렷한 여고생들에게 시선이 더 갔다.

　세상의 고민은 혼자 짊어진 듯 짐짓 우울한 표정을 짓고서 고개를 떨군 채 한없이 느리게 다리를 끌며 걸어가고 있었지만, 실은 겉눈만 내리깔았을 뿐 속눈은 말짱하여, 엉큼하게도 옆을 지나치는 여학생들의 아랫도리를 훔쳐보고 있었던 것이다. 스커트를 너풀거리면서 지나갈 때, 경쾌한 걸음걸이 동작과 함께 스커트 위에 그려지는 둔부의 윤곽이나, 알 밴 생선처럼 통통한 종아릿살이 탄력 있게 푸들거리는 걸 보면, 나는 그만 정신이 아뜩해지고 절로 한숨이 나오는 것이었다. 그러면서도 나는 고개 떨군 내 모습에서 여학생들이 슬픈 베르테르를 발견하고 "어머, 저 애 좀 봐! 너무 슬퍼 보인다야!" 하고 탄성 질러주기를 얼마나 바랐는지 모른다.

그런데 운수 사납게도 그러한 나를 먼저 발견한 사람은 다름 아닌 우리 어머니였다. 그러니까 발견된 게 아니라 발각당한 셈이었다. 오후 하굣길, 그런 꼴로 숭언이네 고무신 가게 앞을 지나다가 어머니와 맞닥뜨렸다. 책가방은 옆구리에 끼고 두 손은 바지 주머니에 찌르고 모자도 푹 눌러쓰고 머리도 푹 숙인 채 터덜터덜 맥없이 걸어오는 내 꼬락서니를 보고서 어머니는 너무 황당했던 모양이다. 어쩐지 느낌이 안 좋아서 고개를 쳐들었는데, 바로 서너 발짝 앞에 어머니가 우뚝 서서 나를 쏘아보고 있었던 것이다. 당황한 나는 얼른 바지 주머니에서 손을 빼고 모자를 고쳐 쓰고는 언제 그랬느냐는 듯이 가슴을 펴면서 벌쭉 웃어 보였다. 어머니의 손에는 금방 산 흰 고무신이 들려 있었다.

"어머니, 고무신 사러 나옵디강?"

그러나 어머니는 단단히 화가 나 있었다.

"흥, 고무신이고 뭐고, 요 녀석 능청 떠는 거 좀 봐. 시방 즈

어멍 초상 치른 놈처럼 울상이더니!"

"울상? 난 안 그랬는데……."

"아까부터 느가 오는 걸 지켜봤져. 걸음걸이가 거 뭐꼬? 즈 어멍 죽은 것같이 머리 푹 숙이고서…… 무신 고민이라도 이시냐?"

"고민은 무슨 고민…… 고민 없수다마."

"그러면, 무사 길 구석으로 머리 숙연 댕기는 거라. 느 할망처럼 보리 이삭 떨어진 것 주우려고?"

"아니, 그게 아니고…… 그냥 장난으로 해본 건데……."

"장난? 거짓말 말앙 솔직하게 말해보라. 고민이 뭐 꼬?"

"고민 없다니깐!"

"하여간에, 이 후젠 그러면 안 된다. 사내대장부가 대로 한길 복판으로 네 활개를 펴고 당당하게 걸어야 주. 모자도 너무 눌러쓰지 말곡. 모자를 깊이 쓰면 사람이 엉큼해 뵈는 법이다."

그렇게 어머니한테 꾸중을 들었지만, 예의 고독자의 산보는 여전히 계속되었다. 고민에 짓눌린 듯 고개를 떨구고 걸어가는 나의 거동에 여학생들이 인색하나마

3부 돌아온 산 • 231

가끔씩은 관심을 보여주었다. 낮은 목소리로 키득거리면서 그녀들이 내 옆을 지나갈 때, 나는 얼마나 가슴이 뛰었던지, 고개를 숙이고 있어도 한쪽 뺨에 와 닿는 시선들이 분명히 느껴졌다.

그러다가 한번은 어처구니없는 실수를 저질렀다. 앞에서 오던 두 소녀가 내 옆을 지나치기가 무섭게 까르르 웃음보를 터뜨렸는데, 그것은 분명 나를 향한 웃음이었다. 뭐가 잘못됐나 하고 내 몸을 훑어보니, 어이없게도 단추가 떨어져 바지 앞이 열려 있었던 것이다.

그렇게 낭패 보기도 했지만 소녀들의 웃음소리는 언제 들어도 좋았다. 그녀들은 나로부터 언제나 일정한 한계 밖에 있었기 때문에 무슨 말을 하는지 말소리는 들리지 않고 들려오는 건 단지 웃음소리뿐이었다. 초등학교 4학년 때까지 남녀 한반이었던 계집애들도 이제는 생면부지의 남남인 양 멀어져 있었다. 까르르 깔깔깔, 그 해맑은 웃음소리에는 도무지 거역할 수 없는 불가사의한 주술이 있었다. 그 웃음소리를 들을 때마다 나는 그녀들에게 가닿을 수 없는 거리로 인하여 가슴에 갈증이 일곤 했다. 내 귀에 그 웃음소리들이 밤낮으로 들려왔다. 그랬다. 그녀들은 항시 내 손이 닿지 않은 곳에 환영처럼 웃음소리로만 존재하고 있었다. 아, 저들에게 가까이 다가갈 수 있는 방법은 없을까?

'삶은 살'의 짝사랑

측간에서 사람과 돼지의 똥오줌이 짚과 섞여 만들어지는 것이 두엄인데, 두엄은 보리농사에 없어서는 안 될 중요한 거름이었다. 보리갈이 때가 가까워지면, 그래서 집집마다 울타리 밖으로 내쳐진 두엄더미들이 큼직큼직하게 쌓여 있게 마련이었다. 그것들이 똥오줌으로 된 것이지만 조금도 더럽다는 생각은 들지 않았다. 더럽기는커녕 오히려 풍요로운 느낌을 주었다. 어른들이 측간 칠 때 보면, 아무 거리낌 없이 맨손으로 두엄을 주무르곤 했는데, 아무렴 그것이 보리를 살찌울 기름진 영양분인데 더럽다는 느낌이 생길 까닭이 없었다.

하기는 그걸 더럽다고 한 사람들도 있었다. 두엄더미들이 높은 사람의 눈에 더럽게 보일지 모르니까 보릿짚을 덮어 가리라고 했다. 그것 역시 중3 때의 일이었는데, 섬을 방문 중인 이승만 대통령이 용두암을 관광하려고 행차하던 날, 용두암 가는 큰길가의 두엄더미들이 모두 관의 지시에 따라 보릿짚에 싸여 낟가리로 둔갑되었던 것이다.

그러니까 내 친구 '삶은 살'이 두엄 치는 일을 죽어도 못 하겠다고 어머니 앞에서 앙탈 부린 것은 두엄이 더러워서가 아니었다. 한쪽 팔에 끓는 물로 화상을 입은 탓에 별명이 '삶은 살'이었던 그 녀석은 마침 일본에 밀항해 가버린 형을 대신해서 그 일을 하게 되었는데, 두엄 칠 곳이 다름 아닌 바로 이웃집, 짝사랑하는 여학생네 측간이어서 문제였다.

거름을 더 많이 얻을 욕심이었던 '삶은 살'의 어머니는 자기 집의 것도 모자라, 이웃집 측간의 거름까지 자기 것으로 차지해놓고 있었다. 그 집에는 육지 출신 장사꾼 가족이 독채 전세로 살고 있었는데 농사를 안 짓기 때문에 돼지거름이 필요 없었다. 우리 아버지가 남의 측간을 빌려서 돼지를 키웠듯이, 그 애의 어머니는 남의 측간에 보릿짚 조짚을 넣어 1년 내내 썩히고 묵혀 두엄을 만들어왔던 것이다.

그 여학생의 이름은 영이였다. 그러나 이름만 알고 있을 뿐 녀석은 그녀와 말 한번 나눠본 적 없는 처지였다. 얼굴이 곱상하게 생긴 그 계집애는 우리와 같은 중3이었다. 사정이 그러한데 그 집 측간에 들어가 두엄을 치라고 하니 보통 고민이겠는

가. 여학생이 있는 집인데 어떻게 창피스럽게 그 짓을 하느냐고, 삯꾼을 빌려서 하라고 버텨보았지만, 어머니는 막무가내로 듣지 않더라고 했다.

그래서 '삶은 살'은 그 일을 할 수밖에 없었는데, 애인 집 측간에서 거름을 치는 그 우스운 장면이 우연히 지나가던 내 눈에 들키고 말았다. 밀짚모자를 눈썹 밑까지 눌러써서 얼굴을 가리고 있었지만 내 눈을 속이지는 못했다. 녀석은 나를 보자 얼굴이 우거지상이 되었다. 나는 실실 웃으며 녀석을 골려주었다.

"야, 삶은 살, 너 거기서 뭐 햄나?"

"새끼, 보면 몰라?"

"영이가 널 보고 측간 치렌 시켠?"

"야, 쌍! 너 놀리지 마. 신경질 나 죽겠는데!"

"신경질은 왜? 느 애인 싼 똥오줌도 거기에 섞여 있을 테니, 기분 좋잖아."

"야, 이 새끼, 정말 이럴래?"

그 후의 일이었다. 어쩌다 내가 영이와 단둘이서 맞부딪친 것은 인적 드문 골목길에서였다. 그날도 나는 우울한 척 땅을 보며 걸었다. 그런데 길바닥에 고액권 지폐 한 장이 떨어져 있지 않은가. 바람에 불려 빠르게 굴러오고 있었는데 보니까 한 장이 아니라 두 장이었다. 웬 떡이냐 싶었다. 보리 이삭 주우려고 그렇게 땅 보고 다니느냐고 어머니한테 꾸중 들은 바 있지만, 그때까지 길바닥에서 동전 한번 주워본 적이 없는 나였다. 그런데 고액권 두 장이라니! 바람에 팔랑거리며 달아나려는 지폐 두 장을 한꺼번에 붙잡으려고 나는 꽤나 허둥거렸다.

그것을 붙잡고 나서야 바로 옆에 누가 와 있는 걸 알았다. 거기에 가쁜 숨을 몰아쉬며 서 있는 것은 영이였다. 돈을 쫓아 급히 달려온 모습이 분명했다. 그 가쁜 숨소리를 옆에서 듣자 당장 내 얼굴이 화끈하고 붉어졌다. 그렇게 가깝게 여학생과 마주 서본 적이 없었다. 그런데 뜻밖에도 영이의 얼굴에 수줍음의 홍조가 짙게 떠올라 있었다. 건네주는 돈을 받을 때도 그녀는 멈칫거리며 사뭇 수줍어하는 태도였다. 그 소녀는 나로부터 돈을 돌려받자 종종걸음 치며 황급히 그 자리를 떠나버렸다. 비록 한순간의 일이긴 했지만 한 소녀가 내 앞에서 얼굴 붉히며 수줍어했다는 사실이 영 믿어지지 않았다. 난생처음 겪는 일이라 혹시 나를 좋아하는 건 아닐까 하고 오해할 뻔했다. 그러나 '삶은 살'의 짝사랑만 계속되었을 뿐, 그 후 그녀와 나 사이에는 아무런 일도 일어나지 않았다.

나의 사랑 아니마

 내 몸에서 처음 몽정이 나타난 것이 아마도 중3 겨울방학 때였을 텐데, 그러니까 낯모르는 여인이 내 꿈에 출몰하기 시작한 것도 그 무렵이었을 것이다. 이따금씩 꿈속에 나타나 흐느적거리는 사지로 내 알몸을 옭아매던 그 황홀한 나체, 매끄러운 진흙의 진탕 같은 여인, 현실에서는 한 번도 본 적이 없는 얼굴이었다. 그러니까 현실이 아닌 꿈속의 여자가 나에게 최초로 성적 관능의 쾌감을 가르쳐준 셈이었다. 내 알몸을 자기 알몸으로 껴안아 불덩어리로 만들고, 끝내는 녹초로 만들어버리는 그 여인은 과연 누구였을까? 잠 깨면 금방 잊혀지는 그 얼굴. 특히 몽정이 있을 때면 반드시 꿈속에 그녀가 나타났다. 관능의 기쁨이 몽정의 분출과 함께 갑자기 단절되고 그 서슬에 깜짝 놀라 꿈에서 깨어나면, 미처 달아나지 못한 그녀의 요염

한 얼굴이 뚜렷하게 보였는데, 그게 전혀 낯모르는 여인이었던 것이다.

그녀가 누구인지 나는 아직도 그 수수께끼를 풀지 못하고 있다. 그것이 이성에 대한 나의 갈망이 만들어낸 허구·환상에 불과하다고 하기엔 그 인상이 너무도 생생했다. 생생하지만 잠깨면 잊혀지는 얼굴, 실재하는 여인이었을까? 혹시 교실에서 어느 아이가 얼핏 보여준 춘화 속의 여자? 아니면 전생의 여자? 그러나 칼 융의 심리학을 입문서일망정 조금 읽어본 지금의 나로서는 그것이 나 자신 속에서 태어난 분신, 또 하나의 자아라고 믿고 싶다. 융 박사가 아니마라고 명명한, 남성 내부에 존재하는 여성적 성향 말이다.

그런데 그러한 여성적 성향이 나에게 좀 과다하게 있었던지 그 일부가 이미 밖으로 표출되어 있었다. 나는 감상적이고 변덕이 심하고 신경 예민한 아이였다. 아무것도 아닌 일에 상처받고 걸핏하면 계집애처럼 눈물짓는 자신을 나는 얼마나 부끄러워했던가. 그런데 이제는 부끄럽기는커녕 오히려 더 여성적이었으면 했다. 여성적이 되지 않고서는 여자들에게 접근할 수 없는 것처럼 생각되기도 했다. 여자가 어떤 것인지 느껴보려고 걸음걸이를 흉내 내고 거울을 보며 표정을 그럴듯하게 꾸며보기도 했는데, 그럴 때 나는 나 자신이 여자가 된 듯한 야릇한

기분에 사로잡히곤 했다

이러한 행동이 나타난 것은 분명히 그 미지의 여자가 꿈속에 등장하면서부터였을 것이다. 현실의 여자들과 소통이 두절된 상태에서 나는 꿈속의 여자를 사랑했던 것이다. 그것은 나의 분신 나의 또 다른 자아였으므로, 결국 나는 나 자신을 사랑한 셈이었다. 어느새 거울 속의 내 용모도 계집애를 닮아 있었다. 큰 눈망울과 긴 속눈썹이 그런 모습을 만들고 있었다. 한쪽 눈에 쌍꺼풀이 생긴 것도 그 무렵이었다. 다른 쪽 눈에도 쌍꺼풀이 마저 생겨주기를 나는 얼마나 소망했던가.

나는 신석이 형이 물려준 책상을 마루 구석에 갖다놓고, 그 공간을 공부방 삼아 학과 공부도 하고 소설책도 읽었는데, 밤이 이슥해져서 양쪽 방에서 잠자리에 드는 눈치이면, 종종 변신의 의식을 연출해보곤 했다. 남폿불 심지를 낮추고(쓰다 남은 초 토막이 있으면 촛불을 켜고) 대각선으로 접은 보자기를 맵시 있게 써서 빡빡 깎은 머리를 감추고 거울 속을 들여다보면, 거기에 예쁘장하게 생긴 계집애가 나타나 있었다. 거울 속의 소녀는 나를 보면서 귀엽게 미소 짓다가는 갑자기 샐쭉해지면서 눈을 흘겨보기도 하고, 그윽히 애수 띤 표정을 지어보기도 했다. 눈물 만드는 일은 누구도 못 따라올 선수인지라 애수 띤 표정을 짓고 있으면 저절로 눈물이 긴 눈썹에 그렁그렁 맺히

곤 했다. 나는 정말로 거울 속의 그 애수 띤 소녀를 사랑하고 있었다.

나르시스가 연못에 비친 자신의 얼굴을 들여다볼 때, 정작 보고 싶은 것은 자신이 아니라 자신과 똑같이 생긴 자신의 분신, 즉 죽은 쌍둥이 누이의 얼굴이었듯이 나도 역시 나의 또 다른 자아인 아니마에 홀려 있었던 것이다. 물론 나르시스의 자기 파괴적인 절망적 열정과는 달리 나의 자기애는 과도기에 나타나는 일시적 현상에 불과했다. 성인 역할이 강제로 유예당하여 성이 금기로 묶여 있던 그 시기에, 나는 외부에서 구할 수 없는 이성을 나의 내부에서 찾을 수밖에 없었다. 그리고 앞의 꿈 이야기에서 말했듯이 나의 자기애는 다분히 성적인 것이어서, 나는 내 속의 암컷을 사랑함으로써 나 밖의 이성에 대한 욕망을 누그러뜨리고 있었다.

코가 가득 차면 풀어야지

그 무렵에 터득한 마스터베이션(자위행위)도 역시 그러한 나르시시즘의 한 형태일 것이다.

때때로 일요일 같은 때, 나는 용두암 서쪽 해변의 풀밭에 말을 데리고 가서 풀을 뜯기면서 책을 읽곤 했다. 푸른 하늘과 푸른 바다, 그리고 책이 있었기 때문에 말을 돌보는 일은 조금도 싫지가 않았다. 책을 읽다가 지루하면 말 잔등에 올라타 놀기도 했다. 망아지 때부터 돌보았기 때문에 각별히 애정이 가는 말이었다. 체격이 잘 빠지고 붉은 털빛이 고와서, 옆에 있으면 쓰다듬고 싶은 마음이 절로 났다.

그런데 그날은 아무래도 나의 애정이 너무 지나쳤던가 보다. 글쎄, 어쩌다 그런 일이 벌어졌는지……. 그 암말이 오줌을 갈기는 걸 보고 마음이 야릇해졌던 것은 아닐까? 우람하고 푸짐하게 생긴 양 궁둥짝 사이로 독한 냄새와 함께 폭포수같이 한바탕 오줌을 내깔리고 나면, 말의 생식기는 전복살처럼 호물짝 알기죽거리면서 천천히 그 붉은 속살을 여미곤 했는데, 평소에는 아무렇지도 않던 그 광경이 그날따라 내 마음을 사로잡았던 것이다.

갑자기 가슴이 콩닥거리고 정신이 멍해진다. 성기가 완전히 오무라들자, 말은 만족스러운 듯이 꼬리를 훼훼 좌우로 흔든다. 늘씬하게 빠진 뒷다리, 펑퍼짐하게 생긴 양 볼깃살, 자꾸만 달라붙는 날파리를 쫓느라고 허벅지 근육에 일어난 경련이 볼깃살에까지 부르르 파동 친다. 주위에 누가 없나 살펴보고는 말의 뱃구레 곁으로 다가선다. 사타구니에 부풀어오른 돌기물 때문에 발걸음 옮기기가 거북살스럽다. 나의 심중을 알 턱이 없는 말은 풀만 열심히 뜯는다. 햇볕에 탐스럽게 번들거리는 말 잔등을 부드럽게 쓸어주다가 한 손으로 말갈기를 움켜쥐면서, 휙 하고 말 잔등에 올라탄다. 말은 나의 행동에 전혀 개의치 않고 계속 풀만 뜯는다. 뿍뿍, 풀을 뜯는 억센 잇바디, 풀이 뭉텅뭉텅 무더기로 입 안에 쓸려 들어간다. 저 이빨에 물리면 손가락들도 으드득 으스러지고 말 것이다. 저렇게 억센 힘을 가진 짐승이 나한테 고분고분 순종하는 게 여간 기특하지 않다. 내가 지금 무슨 짓을 해도 설마 녀석이 성질부리지 않을 테지. 나는 양 허벅지로 말의 팡팡한 뱃구레를 부드럽게 조인다. 사타구니 뼈가 말의 등뼈에 닿으면서 관능의 감각이 맹렬히 일어난다. 이번에는 말의 목을 두 팔로 안고 한쪽 뺨을 말 갈기에 파묻으면서 말의 잔등 위에 엎드린다. 그렇게 사타구니와 배를 말 잔등에 밀착시킨 채 전후 좌우로 밍기적거리면서 비벼대기 시작한다. 이 수상쩍은 행동을 말이 눈치채면 어떡하나. 야릇한 쾌감이 온몸에 번지면서 정신이 몽롱해진다.

그러다가 나는 내 궁둥이가 밍기적거리면서 말 궁둥이 쪽으로 옮아가고 있는 걸 깨닫고 깜짝 놀란다. 아니, 그건 안 되지, 위험해. 말이 성나서 냅다 팽개치면 어쩌려고? 말 궁둥이에 달라붙은 내 모습을 상상하면서 계속 사타구니를 비벼댄다. 정신이 몽롱한 상태에서 문득 오줌이 마렵다는 생각이 든다. 말에서 내려와 풀숲 우거진 곳으로 걸어간다. 잔뜩 부풀어 오른 살의 것 때문에 어기적거리면서 말이다. 풀숲 앞에 서서 바지 단추를 열고 그것을 꺼낸다. 겁나게 탱탱 커졌다. 나는 오줌 눈다고 생각하면서 정신을 집중하려고 한다. 나온다. 나온다!

그러나 거기에서 나온 것은 오줌이 아닌 허연 풀죽 같은 거였다. 그것이 첫 자위행위였는지 어떤지는 기억에 없다. 비록 그것이 첫 경험이 아니었더라도, 나의 자위행위는 그런 식으로 시작되었을 것이다.

그렇게 해서 시작된 자위행위는 좀처럼 벗어나기 어려운 멍에로 나에게 작용했다. 나는 거의 병적일 정도로 거기에 집착했는데, 아마 일주일에 두 번 이상은 그 손장난을 했을 것이다. 그 짓에는 언제나 막심한 후회와 절망, 그리고 죄의식이 뒤따랐다. 급격한 칼로리 낭비로 인해 두 눈이 떼꾼해지도록 기력이 떨어지곤 했는데, 그때마다 나는 막막한 절망의 나락으로 떨어져 죽음까지 얼핏 느껴지는 것이었다. 그것은 지옥의 맛이었고 혹시 자위행위한 죄 때문에 죽어서 지옥에 떨어지지 않을까 두려워했다. 나는 죄의식에 몹시 시달렸는데, 글쎄, 교회도 안 다니는 녀석이 가당찮게 왜 그랬을까? 그것을 내가 책에서 읽었을까, 아니면 성당에서 복사 노릇 하는 그 아이로부터 들었을까? 인간의 육체에는 성령이 깃들어 있으므로 자위행위는 곧 성령을 모독하는 것이라는 그 이야기 말이다.

한쪽 눈만 쌍꺼풀이던 것이 다른 쪽마저 쌍꺼풀이 된 것도 분명히 그 무렵이었다. 자위행위를 하고 나면 얼굴이 핼쑥해지고 눈이 떼꾼해지곤 했는데, 그래서 쌍꺼풀이 만들어졌던가 보다. 소원했던 대로 양쪽 다 쌍꺼풀눈이 된 나는 거울 속에서 거의 완벽한 소녀의 모습을 하고 있었다.

수업 시간에도 정신이 멍하여 도무지 공부가 되지 않았다. 학교 수업은 늘 따분했다. 펼쳐진 책장 위로 머리 비듬이 풀풀 떨어지고, 책과 나 사이에는 뿌연 안개가 낀 듯 몽롱했다. 몽롱한 상태에서 나는 손톱으로 여드름을 짜거나, 바지 주머니 속에 넣은 손으로 살의 돌기물을 일으켜 세워 조물락거리곤 했다.

그런 어느 날, 그 지루한 수업 시간에 뜻밖에도 기적이 일어났다. 구원의 기적 말이다. 총각인 물상 선생이 매우 명쾌한 방식으로 나의 죄의식을 풀어준 것이었다. 동력 측정 단위인 마력(HP)과 와트(W)에 대해서 설명하던 그 선생의 입에서 느닷없이 그 이야기가 튀어나왔을 때, 얼마나 놀랐던지! "마력을 영어로 말하면 뭐지? 말은 horse이고, 힘은? 그렇지, 힘은 power지. 그래서 마력을 horse power라고 하는데, 줄여서 HP라고 표기하는 거야. HP, 알았냐? 그런데 이번엔 더 중요한 걸 가르쳐주마. HP가 horse power 말고, 또 무엇의 약자인 줄 아냐? 몰라? 요런 멍충이들, 느네들 중에 HP하는 녀석들 꽤 있을걸? 손장난 치는 거, 그걸 영어로 뭐라고? 하따, 요놈들 모르는 척 시치미 떼네. 야단맞을까 봐서? 괜찮다, 괜찮아. 느네들 중에 수업 중 꾸벅꾸벅 조는 놈들, 뻔하지, 핸드플레이 너무 쳐서 그런 거 아냐, 안 그래? (폭소) 아주 중요한 건데 잘 새겨둬라. 너희들 중에 HP 버릇 때문에 고민하는 녀석들 있을 것이다. 죄책감에 시달린 나머지, 심지어 자살을 시도

하는 경우도 있지. 그러나 그것은 죄가 아니다. 죄도 아닌데 왜 고민해? 콧물이 코에 가득 차면 손을 대고 팽 하고 풀어버려야지, 안 그래? 마찬가지 이치야. 그러니까, 하나 죄 될 게 없다는 얘기야. 공연히 고민해서 마음이 상할까 봐 이런 소릴 하는 건데, 너희들처럼 어린 나이에 마음이 상하면 병이 되기 쉽지. 그러나 명심할 점은, HP하더라도 자주 해서는 안 된다는 거야. 그걸 너무 많이 하면 약골이 되고 키도 안 자라, 알겠어? HP 한 번에 피 두 되가 낭비된다고 생각하라, 피 두 되! 혼자 있으면 자꾸 조물락조물락 만져지게 되니까 동무들과 어울려 운동도 하고 노래도 부르고 그래라. 용두암 같은 데 가서 냉수욕으로 몸을 식히는 것도 좋지. 알았지?"

HP, 코 푸는 것과 다를 것이 없다, HP 한 번에 피 두 되 낭비다, 얼마나 명쾌하고 지혜로운 설명이었나!

맥베스

 내가 사춘기 열병을 남보다 더 심하게 앓은 데는 물론 기질 탓이 크겠지만, 이성이란 어떤 존재인지, 그 속성과 생리에 대한 무지 때문에 더욱 그랬던 것 같다. 누나가 있거나 교회에 다니는 아이들은 나처럼 심하게 앓는 것 같지 않았다. 교회에 다니는 아이들이 여학생들과 스스럼없이 말을 주고받는 것을 보면 얼마나 부러웠는지 모른다. 나에게 여학생들은 여전히 손이 안 닿는 저편의 신기루 같은 존재였다.

 그런데 궁하면 통한다고 우울한 내 가슴에도 광명이 찾아왔다. 계기가 된 것은 중3 말에 있었던 졸업 기념 연극 공연이었다. 그것은 단순한 교내 행사가 아니었다. 전해에 이어 두 번째로 맞이하는 그 연극 공연은 이틀 동안 시내 극장 무대를 빌려서 거행할 정도로 야심 찬 행사였다. 재정 상태가 매우 어려웠던 그 시절에 일개 중학교가 출혈을 무릅쓰고 그런 행사를 벌였다는 것은 그만큼 그 학교가 활기차고 진취적이었음을 의미할 것이다. 오죽 야심적이었으면, 아직 키도 덜 자란 중학생들에게 셰익스피어극을 하도록 시켰겠는가. 전해의 〈햄릿〉에 이어 우리가 맡게 된 작품은 〈맥베스〉였다. 1년 선배들이 공연한 〈햄릿〉은 대단히 평판이 좋았기 때문에 우리도 그에 못지않은 작품을 만들어야 한다는 부담을 안고 있었다.

연출자는 전해와 마찬가지로, 가톨릭계 미션스쿨인 그 여학교에 근무하는 수학 선생이었다. 아직 장가 안 간 총각 선생이 어떻게 말만 한 여고생들을 가르칠 수 있는지 나는 잘 이해가 안 되었고, 어쩐지 그 몸에 뭇 여학생들의 시선 웃음들이 묻어 있는 것 같아 은근히 질투가 나기도 했다. 검은 베레모를 삐딱하게 눌러쓴 모습이 인상적이었던 그가 "빵모자를 쓸 때는 요렇게 옆으로 악센트를 주어야 멋있는 거야"라고 말한 것이 기억나는데, 아무튼 그 빵모자와 더불어 연기 지도할 때 보여준 화려하고 과장된 제스처와 어투는 그가 여학생들 사이에서 얼마나 인기 있는 존재인가를 입증해주고도 남았다. 그는 걸핏하면 여학생들을 들먹이면서 연습하는 우리를 자극하곤 했다. "연습 잘하란 말야. 우리 학교 여학생들이 구경 올 텐데, 창피당해야 되겠어? 잘 보여야지, 안 그래?"

그러나 여학생들의 관심을 끌려면 무엇보다도 어떤 배역을 맡느냐가 중요했다. 주인공 맥베스는 못 되더라도 조연급에는 들어야 하는데, 나는 애석하게도 로스 귀족이라는 단역에 그치고 말았다. 맥베스는 물론 맥베스 부인, 던컨 왕, 맥더프 장군, 뱅코우 장군 같은 조연급 배역을 맡은 아이들은 모두 나보다 한두 살이 더 많았다. 한창 자랄 나이인지라 한 살 차이라도 신체 발달의 변화가 뚜렷해서, 왕이나 장군 같은 비중 있는 역할은 나이 많은 아이들에게로 돌아갔던 것이다. 이들 주요 등장인물들은 맥더프 외에는 모두 극중에서 살해되고 마는데, 피비린내 나는 그 연극에서 나는 죽을 가치도 없는 사소한 단역이었던 것이다. 처음엔 시시한 줄 알고 지원조차 하지 않았던 세 마녀의 역할보다도 훨씬 못했다. 연극이 끝날 때까지 죽지 않고 뻔질나게 이 장면 저 장면에 나타나긴 하지만, 언제나 다른 등장인물들의 들러리일 뿐이어서 말 한 꼭지 제대로 할 처지가 못 되었다.

나에게 주어진 대사라곤 "자, 여러분, 모두들 일어납시다. 장군께서 편찮으십니다" 하거나, 정신이상이 된 맥베스 부인에게 "영부인, 고정하십쇼" 하는 따위 짧고 시시한 것들뿐이었다. 한 마디라도 더 보태보려고 허락도 안 받고 대사를 늘렸다가 연출 선생한테 꾸중을 듣기도 했다. 그렇게 단역이어서 연습이 별로 필요 없었던 나는 다른 등장인물들의 대사를 읊조리면서 연습 시간을 보내곤 했는데, 특히 맥베스와 세 마녀의 대사가 매력적이었다. 맥베스의 대사는 비장했고, 맥베스를 농락하는 세 마녀의 대사는 음산했다. 그중에 몇 구절은 아직도 암송할 수 있다. 예컨대 왕을 암살한 뒤 공포에 휩싸인 맥베스의 독백, "이제는 잠을 자지 못하리라. 맥베스는 잠을 죽였다. 아, 아무 죄 없는 잠을, 생명의 자양분인 잠을! 이제는 잠을 자지 못하리라. 글람즈는 잠을 죽였다. 그래서 코더는 잠을 이룰 수 없다. 맥베스는 잠을 이룰 수 없다!" 얼마나 현란한 수사인가! 훗날 대학에 가서 이 구절이 영국 사람들이 애송하는 명구라는 걸 알았을 때, 나는 마치 잃었던 귀중품을 되찾은 듯한 흐뭇함을 느꼈다.

공연이 임박해서 무대 의상을 준비할 때였다. 학교 측에서는 종이상자의 골판지를 사용하여 갑옷들만 만들어주었을 뿐, 나머지 모든 것은 출연자 각자가 구하지 않으면 안 되었다. 비록 단역이긴 해도 나 역시 신경 쓰지 않을 수 없었다. 여학생들 앞에서의 첫 데뷔인데 안 나가면 안 나갔지 거지꼴로 나갈 수야. 망토로 쓰일 비로드 치마와 베레모 그리고 여자용 스타킹을 구해야 했다.

그 당시에는 비로드 치마는 신식 여성이나 입는 사치품이어서, 가까운 친척 중에서 그걸 갖고 있는 사람은 오직 사촌형수 뿐이었다. 형수가 그 치마를 아껴서 나들이할 때도 잘 입지 않는다는 걸 잘 알고 있는 나로서는 차마 찾아갈 용기가 나지 않았다. 중요한 배역도 아니고 단역인 주제에 말이다. 여러 번 망설인 끝에 찾아간 나에게 형수는 두말 않고 흔쾌히 그 치마를 내주었는데 얼마나 고마웠던지, 나는 지금도 그분의 성의를 생각하면 가슴이 뭉클해진다. 일이 잘 풀리려니까 베레모도 스타킹도 의외로 쉽게 구해졌다. 뜨개질로 짠 빵모자도 감지덕지인 판에 큰누님이 모자점을 하는 동무가 있어 나를 위해 베레모 하나를 빼돌렸던 것이다. 물론 아무도 써보지 않은 신품이었다. 연극이 끝나면 다시 가게 진열장으로 돌아가야 하므로 여간 조심해서 사용하지 않으면 안 되었다. 초록색의 부드러운 털로 된 아주 근사한 모자였다. 아마도 출연자들 중에 내가 쓴 그 베레모가 가장 고급품이었을 것이다. 그 베레모에 꿩털을 꽂을 때, 혹시 흠집이 생길까 선뜻 찌르지 못하고 쩔쩔매기도 했다. 그 초록 베레모는 잠시 내 머리에 내려앉았다가 날아가 버린 한 마리의 아름다운 파랑새 같았다. 스타킹도 그 누나가 신던 헌것을 빌렸다. 팬티처럼 짧은 하의 밑에 그 스타킹을 받쳐 신게 되어 있었다.

그런데 무대 의상 중에 가장 늦게 나타난 것이 바로 그 팬티처럼 짧은 하의였다. 공연 시작 얼마 전에 연출 선생이 뭔가 한 보따리 가지고 와 우리 앞에 내던지며, "아나, 하나씩 골라 입어!" 했을 때, 그 속에 든 것은 도대체 무엇이었던가! 놀랍게도 그것은 블루머라고 불리는 여학생의 운동 팬티였다. 연출 선생이 자기 학교 여학생들이 체육 시간에 입는 블루머들을 모아 가져온 것이었다. 무릎 위에서 끝부분을 고무줄로 조이게 된 그 운동 팬티는 입으면 엉덩이 아래로 종 모양으로 풍덩하게 내려오게 되어 있었는데, 셰익스피어 시대에 정장 하의가 그렇게 생겼다고 했다.

어쨌거나 졸지에 여학생의 운동 팬티를 입게 된 우리는 제정신이 아니었다. 이 팬티의 주인은 어떤 여학생일까? 팬티 안의 허리춤에 인식표가 붙어 있긴 했으나 학년 반 번호만 씌어 있어서 이름이 무엇인지, 여고생인지 여중생인지 알 수 없었다. 그런데 우리는 제멋대로 상상하며 팬티 고무줄을 튕겨보기도 하고 낄낄거리며 몸을 비틀어댔다. 아, 모아 쥐면 한 줌도 안 될 그 조그만 물건이 왜 그렇게 얄궂게 우리 마음을 달뜨게 하던지!

어쨌거나 연극을 잘하지 않으면 안 되었다. 팬티의 주인들은 물론이고, 시내 두 여학교 학생들이 대거 구경하러 온다고 했다. 물론 우리에게 관심의 대상은 아직 덜 성숙한 여중생이 아니라, 우리보다 연상인 여고생들이었다.

 그렇게 해서 우리의 연극은 드디어 극장 무대에 올려졌다. 로스 귀족으로 분장한 내 모습은 내가 보기에도 아주 그럴듯했다. 번쩍거리는 은박지 테를 두른 검정 비로드 망토, 꿩털 꽂은 초록 베레모, 무엇보다도 화장한 내 얼굴은 나 스스로도 놀랄 만치 곱다랗게 달라져 있었다. 도란에 흰 분필 가루를 섞어 얼굴에 바르고 붉은 분필 가루 섞은 것은 두 뺨에 발라 발그레하게 홍조를 만들고 입술도 붉게 칠했는데, 콧수염만 없다면 영락없는 계집애 얼굴이었다. 나는 연출 선생이 코밑에 두툼하게 그려 넣은 수염이 싫어서 몰래 지우고 그 대신 덩굴손처럼 가는 수염을 그려 넣었다. 연출 선생이 수염을 고친 내 얼굴을 보고 야단치는 대신 "쩌식, 꼭 계집애 상판이구먼" 했을 때, 나는 속으로 얼마나 기뻤는지 모른다. 계집애 같다는 것이 바로 내가 듣고 싶은 평판이었다.

 그렇게 몸은 화려하게 변신했으나 막상 무대에 오르려니 불안했다. 내 몸을 꾸미고 있는 의상들 중에 남한테 빌리지 않은 것은 오직 신발뿐이었는데, 바로 거기에 숨기고 싶은 치부가 있었다. 그 흰 운동화는 깨끗이 빨아 신었기 때문에 겉으로는 괜찮아 보였지만, 양짝 다 신창에 닳아 터진 구멍이 있었던 것이다. 볼 것들이 많은 무대에서 하필 신바닥의 그 작은 구멍들을 눈여겨볼 사람은 없었지만, 그래도 무대에 오르자니 걱정이 되었다. 어머니가 알아서 사주기 전에는 새 신발을 사달라고 졸라본 적이 없는 나였다. 신발뿐만 아니라 도대체 뭘 사달라고 졸라본 적이 없는 내가 연극한다고 새삼스럽게 그럴 수는 없는 노릇이었다. 더군다나 조연도 못 되는 단역인 주제에. 현실주의자인 어머니는 "맛 좋댄 하는 관덕정의 설렁탕도 먹어본 사람이나 먹주, 한 번도 본 적 없는 연극을 무신 맛에 구경할 말이냐" 하면서, 아예 연극 구경도 오지 않았다. 그런데 신발창 터진 것 외에도 걱정거리는 또 있었다. 제작된 지 얼마 안 된 무대 세트들은 페인트가 채 마르지 않아 끈적거렸는데, 그게 또 얼마나 두려웠던지! 그 귀한 비로드 치마와 베레모에 자칫 페인트가 묻는다면 정말 큰일이었다.

그래서 처음 무대에 올랐을 때는 살얼음을 밟는 듯 사뭇 조심스러웠다. 그러나 무대는 나의 걱정 따위는 아랑곳하지 않고 나름의 메커니즘에 따라 굴러가기 시작했다. 겨울방학 중 보름 가깝게 지루하게 연습할 때는 실감이 영 안 나서 과연 무엇이 될까 싶었는데, 일단 무대에 올려지니까 연극은 마치 살아 있는 동물처럼 스스로 움직여 나갔다. 의상, 조명, 무대 세트가 함께 어우러지고, 장면과 장면 사이에서 브라스 밴드의 연주가 연극에 활기를 돋우어주었다. 같은 학교 구내의 고교 밴드부가 무대 바로 밑에 자리 잡고 있었다. 해마다 진주 지방의 예술제에 공연 초청을 받을 정도로 명연주로 소문난 밴드부였다.

무대가 활기를 띠면서, 그에 따라 등장인물들의 연기도 자연스러워졌다. 나도 어느새 걱정을 잊고 무대가 시키는 대로 따라가고 있었다. 나 같은 단역들이야 연기랄 것도 없이 이리저리 떼거리로 몰려다니기만 하면 되었지만 말이다. 모두들 그럴듯하게 연기를 했는데, 그중에 맥베스의 연기가 단연 돋보였다. 세 마녀의 예언에 농락당한 채 파멸의 구렁텅이로 빠져드는 맥베스, 예언에 따라 왕을 죽이고 그 자리를 찬탈했으나, 그가 발견한 것은 영광이 아닌 파멸, 그리고 파멸을 재촉하는 브라스 밴드의 주악, 마침내 맥베스는 와장창 깨지는 심벌즈 소리와 함께 맥더프의 칼에 죽게끔 되어 있었다. 맥베스 역을 맡은 아이는 정말 연기를 잘했다.

조명 빛 너머로 객석에 가득한 남학생의 모자들과 여학생의 단발머리들이 뿌옇게 보였는데, 거기에서 간헐적으로 놀람과 탄식의 소리가 일제히 일어나곤 했다. 살인·음모·광기·파멸로 이루어진 그 비극에서 관객들이 놀람과 탄식의 반응을 보인 것은 당연한 일이었다.

그런데 불길하게도 그런 긴장 분위기 속에서 전혀 이질적인 반응이 이따금씩 끼어들었다. 웃음의 여지라곤 별로 없는 그 연극에서 문맥에 관계없이 키득거리는 여학생들의 웃음소리가 간간이 들려오곤 했다. 우리 중에 혹시 누가 실수를 하고 있는 것이 분명했다. 혹시 그 웃음의 표적이 내가 아닐까 하는 불안이 생겼다. 내가 연기를 잘못하고 있거나, 아니면 신발창의 터진 구멍이 발각되었거나……. 그러나 막이 내려진 다음, 연출 선생은 잘했다고 우리 모두를 칭찬해주었을 뿐 그 웃음의 정체에 대해선 아무런 언급이 없었다.

그 웃음의 정체가 밝혀진 것은 그 이튿날의 두 번째이자 마지막 공연에서였다. 연극 진행 도중 무대 뒤에서 연출 선생이 느닷없이 나를 붙잡고는 엉뚱한 주문을 했다. "찌식, 꼭 계집앨 닮았어! 좋아, 널 위해 장면 하나를 만들어줄 테니까, 한번 잘 놀아봐!" 그렇게 해서 극본에 없던 장면이 급조되었다. 들러리로 끼어 이 장면 저 장면 얼쩡거리던 내가 무대에 단독으로 등장하게 되었으니, 그야말로 졸지에 땡잡은 셈이었다. 전투 장면 중에 끼워 넣어진 그 장면에서 나는 "플리언스야! 플리언스야!" 하고 부르면서 시체들이 널브러진 무대 위를 가로질러 통과하기만 하면 되었다. 플리언스는 맥베스에게 암살당한 뱅코우 장군의 아들이었다.

그런데 나는 그 대수롭지 않은 연기를 하는 데 여간 애를 먹은 게 아니었다. 밴드의 경쾌한 주악에 맞춰 여럿이 칼싸움을 벌이면서 무대 저쪽으로 사라지면, 주악이 뚝 그치고 갑자기 조용해진 텅 빈 무대에 내가 들어선다. 칼을 꼬나들고 상체를 낮춰 잔뜩 경계하는 자세로 발을 내딛는다. 그 순간, 조용하던 밴드석에서 드르르, 드르르 소북 소리가 일어나면서 머리 위로 쏟아지는 스포트라이트, 긴장한 나머지 순간 정신이 아득해진다. 무대 위를 걷는 것이 살얼음 밟는 것처럼 두렵다. 스포트라이트의 강한 불빛에 쫓겨 주춤거리며 발을 떼놓기 시작하는데, 느닷없이 들려오는 키득거리는 웃음소리들, 전날 들은 것과 똑같은 여학생들의 웃음소리였다. 두려움 때문에 숨이 꽉 막혔다. 내가 무슨 실수를 하고 있길래 저러나? 혹시 내 신발 바닥의 터진 구멍을 보았나? 신발 바닥이 안 보이게 발을 질질 끌면서 앞으로 전진한다. "플리언스야!" 좌우를 살피고 칼끝으로 이리저리 찌르는 시늉을 하면서. "플리언스야!" 객석의 웃음소리가 점점 높아진다. 반대쪽 무대 끝까지 걸어가는 것이 피안에 닿는 것만큼이나 멀고 어렵다. 간신히 무대 끝에 닿아 마지막으로 플리언스를 부르는데, 아뿔싸! 너무 긴장한 탓에 그만 꺼억, 하고 닭의 목에 가시 걸린 듯한 소리가 튀어나오고 말았다. 순간 왁자하게 터지는 웃음소리!

그렇게 웃음소리에 쫓겨 무대 뒤로 뛰어들어온 나는 수치심에 온몸이 덜덜 떨렸는데, 그러나 내 실수는 거기에 그치지 않

았다. 염려했던 대로 무대 세트의 페인트가 기어코 내 망토에 들러붙고 만 것이었다. 동전 크기밖에 안 되었지만, 물로 지울 수 없는 페인트여서 문제였다. 손톱으로 페인트를 떼어보던 나는 너무도 기분이 참담하여, 그 비로드 치마를 베레모와 함께 보자기에 싸서 극장 밖으로 나와버렸다. 아직 연극이 다 끝나지 않았지만, 내 역할은 끝났으므로 더 이상 거기에 머물 필요가 없었다. 환한 전깃불 속에 만국기들이 펄럭거리는 극장 앞을 지나, 나는 무턱대고 어둠 속을 달렸다. 극장을 나와서 달려간 곳은 용두암 근처의 바닷가였다. 거기에서 나는 물가의 바위틈에 웅크리고 앉아 어두운 바다를 바라보면서 한참 서럽게 울었다.

그렇게 지독한 수치감에 죽고만 싶은 심정이었는데, 이튿날 학교에 가보니까 웬걸, 상황이 전혀 딴판으로 역전되어 있었다. 아니, 상황 자체는 그대로인데 내가 그것을 정반대로 해석하고 있었던 것이다. 객석의 그 웃음소리는 비웃음이 아니라 오히려 호감의 표시였단다. 여학생들이 웃은 것은 화장한 내 용모가 계집애처럼 예뻐 보여서 그랬다는 것이다. 그제야 나는 연출 선생이 두 번째 공연에서 왜 나를 위해 장면 하나를 만들어주었는지를 알 수 있었다. '쩌식, 꼭 계집앨 닮았어! 좋아, 널 위해 장면 하나를 만들어줄 테니까, 한번 잘 놀아봐!' 그랬다.

사실 나는 그 연극에서 로스 귀족 역할보다는 예쁘장한 시스터 보이로 보이는 것에 더 신경을 썼다. '계집애를 닮았다', 그것이 바로 내가 듣고 싶었던 말이었다. 나는 내 속의 암컷을 극대화하기 위해 얼마나 부심해왔던가. 이성에게 가까이 다가가기 위해선, 그와 비슷한 모습, 즉 시스터 보이가 되어야 한다고 나는 생각하고 있었다.

에필로그―푸른 물고기

그 후 아버지는 내가 고3 때 사업에 실패하여 논과 밭을 다 날렸다. 아니, 사업을 하다 실패했다기보다는 처음부터 사기극의 어리석은 희생물이었기에 나는 아버지가 더욱 실망스러웠다.

이웃집 운전수 김 씨가 바로 그 사기극의 장본인이었다. 김 씨가 타이어 재생 기술자라고 자처하면서 유혹한 것인데, 아마도 아버지는 펑크 난 헌 고무신도 땜질하면 쓸 수 있듯이, 헌 타이어도 땜질하면 되지 않겠느냐고 소박하게 생각했던 모양이다.

드럼통으로 용광로를 만들어 엿장수들로부터 사들인 헌 고무신들을 녹이고, 그 고무액을 헌 타이어와 함께 주물 틀에 넣어 재생 타이어를 만드는 시늉을 할 때는 내 눈에도 제법 그럴듯하게 보였다. 그러나 그렇게 해서 만든 타이어는 실패작이었다. 트럭 바퀴에 달아 실험해보았는데, 실망스럽게도 5백 미터도 못 가서 너덜너덜 닳아버렸던 것이다. 그래도 우리는 김 씨의 말을 곧이듣고 첫 실험이니 실패작이 나올 수도 있겠거니 했다. 그러나 그것이 철두철미 사기극이었음이 밝혀진 것은 김 씨가 공장용 무슨 물품들을 구입한다고 속여 육지로 달아나버린 후였다. 그렇게 해서 우리 식구는 졸지에 집도 밭도 없는 알거지 신세가 되어버렸다.

그 집에서 쫓겨난 것은 고3 말이었다. 그때가 마침 입시철이어서 나는 동무들과 함께 상경할 준비를 하고 있는 터였다. 물론 고학을 결심하고 있었기 때문에 내가 마련한 돈이라야 상경 여비에 불과했다. 그런데 그 돈이 아버지의 노름 돈으로 사라져버리고 말았다. 그때 나의 절망은 너무도 컸다. 절망과 분노에 눈이 먼 나머지 나는 또 한 번의, 그리고 결정적인 불효를 저지르고 말았다. 시험 날짜가 임박해서 다른 동무들이 모두 육지로 떠났을 때, 나는 상경을 포기한 채 아버지를 상대로 단식투쟁을 벌였던 것이다. 사흘 뒤면 쫓겨나게 될 그 집에서 말이다. 이삿날이 와서 마지막 세간이 밖으로 내쳐지는 그 순간에도 나는 공복으로 쓰라린 배를 움켜쥔 채 방바닥을 뒹굴며 막무가내로 버텼다. 아버지의 입에서 사과의 말이 나올 때까지. 그렇게 해서 아버지를 굴복시켰다니, 그것은 불효 정도가 아니라 무자비한 폭력이나 다름없지 않은가. 차마 못할 짓을 했다. 그 일을 생각하면 지금도 체한 듯 가슴이 답답해진다.

절망에 죽고 싶은 나머지 바닷물에 뛰어들었다가 실패한 적도 있었다. 단식투쟁으로 아버지를 꺾은 다음에도 여전히 격정이 가라앉지 않았던 나는 한 번은 자포자기 심정으로 홀로 겨울의 한라산에 올라가 텐트도 없이 모닥불 하나로 혹한의 밤을 지새웠고, 또 한 번은 공부하던 입시용 참고서들을 모두 헌책방에 팔아버리고 그 돈으로 술을 취하도록 마시고서 겨울 바다에 뛰어든 일이 있었다. 술 취해 바다에 뛰어든 곳이 바로 용두암 근처 바위였다. 술에 몹시 취했던 나는 먼바다를 향해 헤엄쳐 가다가 심장마비로 죽거나 기진맥진해 죽거나 하자고 했다. 그러나 그렇게 되지 않았다. 차가운 바닷물에 들어가 헤엄치는 동안 팔다리에 저절로 힘이 붙으면서 둔중했던 몸뚱이에서 강한 생명의 감각이 되살아났던 것이다. 부딪쳐오는 찬 물결들이 내 육신의 생명을 일깨워주는데 어떻게 죽음을 향해 헤엄쳐 갈 수 있었겠는가.

누구나 사춘기 열병을 앓게 마련이지만, 고교 시절의 나는 아무래도 남보다 더 갈등이 심했던가 보다. 영과 육의 불화. 영혼도 육체도 제각기 뭔가를 몹시 갈구하건만, 영혼이 바라는 바를 육체가 따르지 못하고, 육체의 요구를 영혼이 들어주지 못했다. 무구하던 영혼이 격정과 불만으로 들끓던 그 악바리 소년을 생각하면 한숨이 나온다.

그러한 영육의 불화·분리는 자연의 한 부속물이었던 내가 거기서 떨어져 나옴을 뜻하는 것이기도 했다. 이제 자연은 야만·무지·변경과 같은 말이었고, 내가 극복해야 할 장애물일 뿐이었다. 그러나 나의 미래는 가난 때문에 극히 의심스러운 것이 되어 있었다. 변경을 벗어난다는 것은 가난한 소년에게는 너무도 버거운 꿈이었다. 고교 공부도 어려운 처지에 과연 대학 공부를 하기 위해 저 수평선을 넘을 수 있을까? 나를 키운 모태인 바다가 도리어 비상하려는 나의 발목을 잡는 질곡이라는 뼈아픈 자각. 그랬다. 수평선은 내 목에 걸린 올가미였다.

이렇게 자신의 모태를 부정하면서, 격정과 불만으로 속 끓이던 나는 마침내 아버지와 정면으로 부딪치고 말았다. 욕망에 눈이 멀었던 나에게는 아버지 역시 내 진로를 가로막는 장애물일 뿐이라는 생각이었다. 나흘간의 단식. 아, 아버지를 투쟁의 대상으로 삼다니, 나는 얼마나 무정한 놈이었던가. 그 사건은 아버지에게 지워지지 않는 상처를 남겼고, 그 때문에 아버지와 나는 평생 서로 서먹서먹한 사이로 지내지 않으면 안 되었다. 대학에 들어간 후에 한 번 무릎 꿇고 사죄했고 편지에도 그렇게 썼지만, 그것은 이미 엎질러진 물이었다. 자신밖에 모르고, 자신의 말 외에는 누구의 말도 귀에 들리지 않는 그 아이를 생각하면 지금도 마음이 슬퍼진다.

아마도 문학이 아니었더라면 내 감정이 그토록 왜곡되지 않았을지도 모른다. 거기에는 분명히 문학과 독서가 끼친 악영향이 있을 것이다. 아무리 타고난 성미가 모질다고 해도, 문학의 세례가 아니었다면 그러한 파격적 행동을 저지르지 않았을 것이다. 문학을 신봉하기 시작한 나는 이상이나 카뮈 등을 내 식구보다 더 가까운 혈연처럼 생각했고, 그들이 가르친 파격·반항·불성실 같은 것들을 금과옥조로 삼고 있었으니까.

나는 그것을 성장이라고 생각했다. 그러나 인간 성장의 방정식에는 변수의 변화에도 불구하고 결코 변하지 않는 항수(恒數)가 내부에 있게 마련이다. 생성 최초의 것, 그 섬 고장의 풍토가 만들어놓은 깊은 속의 단단한 씨, 그 무엇으로도 변화시킬 수 없는 본질적인 것 말이다. 그런 본질적인 것들이 내 안에 남아 나를 유지시키는 가운데 변화라는 것도 맞이해야 하거늘, 그 시절 그때의 나는 그러한 삶의 이치를 채 모르고 있었던 것이다.

그 이듬해 대학 진학을 위해 어렵사리 고향을 떠난 이래 지금까지 서울 생활을 해오고 있으니, 애초의 꿈이 이루어지긴 이루어진 셈이다. 그러나 그게 무엇이랴. 필생의 업으로 여겼던 문학은 또 무엇인가. 아버지가 돌아가신 지금, 나의 얼굴은 점점 내 방에 걸린 아버지의 영정 모습을 닮아가고 있다. 아버지의 죽음은 당신과 나 사이에 놓여 있던 세월의 간격은 물론 불편했던 여러 과정들을 일시에 제거하면서 나를 바로 아버지의 그 자리로 옮아가게 만들었다. 그리고 아버지를 잃음으로써 나는 아무 완충 없이 죽음과 직접 연관지어졌다. 그러니까 내 얼굴 모습이 영정 속의 아버지를 닮아간다는 것은 그다음의 죽음은 내 차례라는 뜻이기도 한 것이다.

죽음이 궁극적으로 나를 자연으로 데려다줄 것이다. 이렇게 귀향 연습을 하는 것도 그 때문이다. 자연으로 돌아가기 위해 귀향 연습을 하고 있는 지금의 나에게는 그동안의 서울 생활이란 부질없이 허비해버린 세월처럼 여겨진다. 저 바다 앞에 서면, 궁극적으로는 내가 실패했음을 자인할 수밖에 없다. 내가 떠난 곳이 변경이 아니라 세계의 중심이라고 저 바다는 일깨워준다. 나는 한시적이고, 저 바다는 영원한 것이므로. 그리하여 나는 그 영원의 말씀에 귀를 기울이기 위해 모태로 돌아가는 순환의 도정에 있는 것이다.

나는 설레는 마음으로 그 길에 들어선다. 아무도 없는 이 순간, 옛 오솔길에서 나는 그 시절의 나를 생각한다. 기쁨 때문에

도 슬픔 때문에도 바다를 향해 달려갔던 그 오솔길……. 늦은 오후 시간, 종일 뜨거운 햇볕을 받아 독해진 풀 냄새와 쌕쌕 귀청 따가운 풀여치의 노랫소리. 내가 다가가자 놀란 듯 풀여치들의 노랫소리가 일제히 뚝 그친다. 잠시 정적. 정적 속에서 풀여치들이 나에게 너는 누구냐고 묻는 것 같다. 똥깅이야, 하고 나는 대답한다. 길가의 풀들이 낯익다. 지칭개, 귀리풀, 거북꼬리, 달개비, 토끼풀, 인동덩굴 등, 내가 물 먹이러 다니던 외할아버지네 말이 뜯던 풀이다. 뿍뿍 말이 풀 뜯는 소리가 귓전에 맴돈다. 인동덩굴의 어린 손이 반갑다는 듯이 벗은 내 팔을 건드린다. 그러나 전보다 훨씬 무성해진 그 풀들은 이제 사람이나 말과는 상관없는 저들만의 세계로 돌아가 있는 것 같다. 그것들은 사람에게도 말에게도 잊혀진 채 저들끼리 자란다. 나에게 손을 내밀고 있는 인동덩굴도 그 이웃인 달개비, 귀리풀에게 그 얼굴이 알려져 있을 뿐, 사람도 말도 이 풀을 잊은 지 오래다.

오솔길을 벗어나 나는 물가 가까이에 있는 너럭바위에 오른다. 어린 시절 낚시질하던 곳이다. 그 바위를 기지로 삼아 바닷물에서 작살질도 했다. 평평하게 생긴 바위 모습이 옛 그대로다. 바윗면에 다닥다닥 붙은 고둥들, 발발 기어다니는 참게들, 바위틈에 빼곡 들어찬 노란 거북손들, 새끼 홍합들도 낯익은 모습들이어서 퍽 반갑다. 그 바위도 마치 나를 기다렸던 듯이 여겨진다. 글쎄, 이 바위가 과연 나를 알아볼까? 여전히 젊어 있는 이 바위는 이미 늙기 시작한 나를 알아보지 못할지 모른다. 왜냐하면 바위는 영원하고 나는 한시적인 존재이니까.

나는 눈앞에 펼쳐진 탁 트인 푸른 공간을 향해 가슴을 부풀리며 심호흡을 한다. 나의 흰 맨발도 해방의 쾌재를 부른다. 고등어 등빛처럼 싱싱한 푸른 바다, 흰 구름이 피어오르는 수평선, 그 위의 푸른 하늘, 그 드넓은 공간으로 시원한 바람이 막힘없이 불어와 내 머리칼을 날린다. 그냥 바람이 아니라 오존과 요오드가 풍부한 약바람이다. 머리칼과 함께 영혼도 가벼워져 바람에 날린다. 육신도 가벼워져 자신의 경계를 벗어나 바다의 쪽빛 속으로 녹아든다. 저 바닷물에서 헤엄치며 작살질하던 발가숭이 어린 내가 눈에 선하다. 고무줄 늘려 작살을 꼬나 잡고 물속으로 자맥질해 들어가면, 해류에 너울거리는 해초 숲 사이로 유영하는 아름다운 물고기 떼, 벤자리·붉바리·우럭·볼락·쥐치·용치·코생이 등등. 한번 물에 들어가면 시간 가는 줄 몰랐다. 자맥질하다가 지치면 수면 위에 드러눕듯이 몸을 가볍게 띄우고서 잠깐 쉬면 되었지. 아, 그 시절의 나는 몸에 지느러미 돋고 입에 아가미가 나 있었나 보다. 그렇게 한 마리 푸른 물고기가 되어 꿈을 꾸던 바다가 여전히 내 안에서 살아 출렁거린다.

똥깅이

2009년 1월 5일 1판 1쇄 펴냄
2022년 5월 5일 1판 18쇄 펴냄

지은이 현기영
그린이 박재동
펴낸이 윤한룡
편집   신한선
디자인 윤려하
관리   이소연

펴낸곳   (주)실천문학
등록   10-1221호.(1995.10.26.)
주소   경기도 남양주시 퇴계원읍 퇴계원로 52 405호
전화   322-2161~3
팩스   322-2166
홈페이지 www.silcheon.com

ⓒ 현기영, 2009

ISBN 978-89-392-0609-0 03810

이 책 내용의 전부 또는 일부를 재사용하려면
반드시 저작권자와 실천문학사 양측의 동의를 받아야 합니다.

이 도서의 국립중앙도서관 출판시도서목록(CIP)은
e-CIP홈페이지(http://www.nl.go.kr/ecip)와
국가자료공동목록시스템(http://www.nl.go.kr/
kolisnet)에서 이용하실 수 있습니다.
(CIP제어번호 : CIP2008003851)